永遠にして刹那

愁堂れな

幻冬舎ルチル文庫

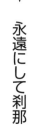

CONTENTS ✦目次✦

永遠にして刹那

✦カバーデザイン= chiaki-k（コガモデザイン）
✦ブックデザイン=まるか工房

イラスト・蓮川　愛✦

永遠にして刹那

プロローグ

『彼』が首筋に顔を埋《うず》めてくる。

痛みがあるものだと予想し身構えていたが、唇が触れたと思った瞬間、感じたのは苦痛ではなかった。

熱い――全身がカッと火照《ほて》ると同時に鼓動が早鐘のように打ち始め、息があっという間に上がっていく。

身体中《からだじゅう》の血が驚くほどのスピードで血管を巡っているような、そんな感覚に陥るうちに意識が朦朧《もうろう》としてきた。

思考力がまるで働かない。すべてが混沌《こんとん》としている。いつしか目を閉じていた瞼《まぶた》の裏で、綺麗《きれい》な花火が次々に上がり、集まった光で目の前が真っ白になっていく。

恍惚《こうこつ》。

今、体感している状態を表現するのに一番適した言葉だった。性的興奮に近い。いや、そのものなのか――。

とはいえ、人と肌を合わせた経験はほとんどない。それゆえ対比もできない。思考するような余裕はほぼないというのに、なぜそんな馬鹿げた考えが浮かぶのだろう。

人ならざる者への一歩を踏み出す、まさにそのときだというのに。

『……っ』

唇から漏れる吐息も熱い。ふわふわと、まるで空中を漂っているような感覚に陥る。抱《いだ》いていたはずの恐怖心も嫌悪感も、いつの間にか霧散していた。我に返ったときにはもう、自分は自分ではなくなる。そうわかっていても少しの不安も湧き起こってこない。

ああ。そうか。

既に自分は乗り越えてしまっているのだろう。人として決して越えてはならない境を。

それでも頭の片隅に浮かんでいるのは、『人』である自分にとって何より大切なひとの顔だ。ふわふわと、快感の波を漂いながら、決して忘れたくはない、しかし忘れなければならないその顔に心の中で別れを告げる。

肉体に満ちる欲情が、惜別のつらさを紛らわしてくれることに望みを託して――。

1

「これは……酷《ひど》いな」

事件現場に足を踏み入れた途端、同僚の口から呻《うめ》きが漏れるのを横目に、白石望己《しらいしのぞみ》はフロアの中央に重なり合うようにして倒れている若い女性の遺体へと近づいていった。『酷い』と言われた理由は、二体とも裸に剝《む》かれている上に、血まみれといっていい状態であったためである。

凄惨な遺体の傍《そば》まで来ると望己は、

「いいですか?」

と、近くにいた監察医と鑑識係に確認を取ってから座り込み、両手を合わせたあとに遺体の様子を観察し始める。

「相変わらず、浮いてるね」

助手たちに指示を与えていた監察医が苦笑し、望己の隣に腰を下ろす。ここ、国立《くにたち》を管轄している監察医は菊野《きくの》という名で、同僚にすら遠巻きにされている望己に気易《きやす》く声をかけてくる。年齢は三十四歳、望己の所属する国立署の女性警察官の間で密《ひそ》かな人気を誇っている涼やかな目元をした長身の医師で、正確かつ着眼のいい鑑定には定評があった。

「死因は？」

望己がじろりと彼を睨《にら》む。望己は菊野より六歳年下の二十八歳、国立署刑事課の刑事である。身長は百七十八センチ、細身の体型は日本人離れしている九頭身で、頭が小さく足が長い。

スタイルだけでなく顔立ちも実に整っており、いわゆる人目を引かずにはいられない美形ではあるのだが、切れ長の瞳には凶悪犯も怯《ひる》むほどの迫力があり、菊野のように女性人気は高くない。

菊野はそんな彼の鋭い視線に臆することなく真《ま》っ直《す》ぐに受け止めた上で、にこやかに答えを返してきた。

「まあ、刺殺……になるのかな。胸を刺されたのが一応致命傷になっている」

「一応？」

ますます望己の目が鋭くなる。

「そんな怖い顔するなよ。イケメンが台無しだぞ」

しかし菊野はやはり少しも怖がることなく笑ってそう言うと、望己に状況を説明し始めた。

「致命傷は胸の傷だ。だが首筋に妙な痕があってね。ほら、肌の色を見ればわかるだろうけど、この二人、体内にはほぼ血液が残ってない」

菊野の言うとおり、遺体の肌の色は二体とも真っ白といってよく、かつ全身に既にどす黒く変色した血がこびりついていた。

「だからこうも血まみれなのか……」

なるほど、と独りごちた望己の耳に、

「いや」

という菊野の否定の言葉が響く。

「詳しくは解剖のあとになるが、人間二人分の血液量はこんなもんじゃない。しかも出血は致命傷の胸からではなく、首筋のほら、この傷から流れ出た——というよりは抜かれたように見えるんだよ。遺体を逆さ吊《づ》りにでもして」

「血を抜かれた？」

予想外の答えに、望己の口から思わず高い声が漏れる。と、菊野はそんな彼の肩をぽんと叩《たた》くと立ち上がった。

「いわゆる『猟奇殺人』というやつではないかと思うよ。文教地区と名高い平和なこの街では珍しいことにね」

「……猟奇殺人……」

確かに、と頷《うなず》き、身体を屈《かが》めて遺体の顔を覗《のぞ》き込む。と、背後から、

「そろそろかわってもらえませんかね」

という嫌みな声が響いてきたため、望己は立ち上がった。

「どうぞ」

声をかけてきたのは刑事課の先輩刑事たちだった。わざとらしく丁寧語を使ってくる彼らに望己は淡々と返すと立ち上がり、遺体の傍を離れた。

「スタンドプレーが過ぎるよな」

「一匹狼《おおかみ》を気取ってるんだろう。ドラマの見過ぎかよ」

いつものように聞こえよがしに嫌みを言ってくる先輩刑事たちを、望己もまたいつものように無視する。彼らに対し『面倒くさい』以外の感情を望己が抱くことはなかった。

スタンドプレーなどしていないし、当然『一匹狼』を気取っているつもりもない。ある時期を境に、望己は自身が『無駄』と判断した人付き合いを一切断つことにしていたのだった。

それは目的の達成のためであり、学生時代もそして今の職場でも、すべての時間をその『目的』に費やそうとしている。刑事となったのもそれゆえなのだが、そのことを知る人間は警察内には一名しかおらず、その一名は国立署にはいなかった。

入ったときから生意気だと言われていた望己は、新人の頃は嫌がらせめいたことを先輩たちから受けたが、やがて検挙率の高さが署内で突出するようになると嫌がらせは止《や》んだ。今もこうして嫌みを言われることはあるが、実害はないので放置している。

にしても、と望己は端整な眉を顰《ひそ》め、現場内をぐるりと見渡した。現場は閉店したレストランで、テーブルや椅子は運び出されていて既になく、フロアはがらんとしていた。板張りの床は長い間掃除された形跡がない。犯人の痕跡は取れただろうかと、近くにいた鑑識係に問うてみることにした。

「すみません、下足痕《ゲソコン》はどうでした？」

「取れませんね。期待したんですが」

鑑識が残念そうに顔を顰《しか》める。

「ありがとうございます」

鑑識係に対し、望己は丁寧な対応を心がけていた。彼らの協力なくしては捜査が成り立たないということを、刑事であった父が繰り返し口にしていたからである。父は鑑識係だけでなく、監察医に対しても常に敬意を払っており、望己もまた当初はそれに倣っていたのだが、菊野がことあるごとにからかってくるものだから、いつの頃からか彼に対する態度は粗雑なものになっていた。

「下足痕もですが指紋もさっぱりです。毛髪一本、落ちていません。よほど注意深く動いたようです」

鑑識係には望己の自分たちに対するリスペクトが正しく伝わっており、常に協力的な対応をしてくれる。今、望己の問いに答えている鑑識係は林《はやし》といい、いつものように望己の質問に対する答え以上の説明を与えてくれた。

「頼みの綱は防犯カメラじゃないですかね」

「稼働しているんですか？」

閉店しているのに、と意外に思い問いかけた望己に、鑑識係がすぐ答えを返す。

「不動産会社が入口と、それに一応店内にも設置していたそうですよ。中は空っぽですが荒らされたりホームレスに入り込まれたりしないようにと」

「そういうことですか」

なるほど、と店内を見渡し、厨房《ちゅうぼう》との境の天井に設置してある防犯カメラを見出《みいだ》す。しかしランプがついていないような、と気づいたことを察したらしい林が肩を竦《すく》めつつ口を開く。

「あっちは今は故障中のようです。犯人が壊したのか元々壊れていたのか、映像をすぐ解析します。入口のは生きてます。捜査会議までには解析できると思いますよ」

「ありがとうございます。よろしくお願いします」

頭を下げ、その場を離れると望己は、ドアの外にあるという防犯カメラを見るために入口へと向かった。

ちょうど菊野が遺体を運び出そうとしているところと重なったため、彼と助手のためにドアを開いた状態で押さえてやる。

「どうも」

「死亡推定時刻は?」

聞く前に先輩たちにとってかわられたのだった、と思い出し、問うた望己に、菊野は即座に答えを告げた。

「解剖をしてみないことには正確な時間はわからない……が、死亡は昨夜の八時ごろじゃないかな。遺体がここで発見されたのは、今から一時間前の午前二時、だっけ」

「ああ。一一〇番通報があった。閉店しているはずの店に明かりがついていることを不審に思った近所の人が店内を覗いた結果、遺体を発見した」

「トラウマになりそうだよね、その近所の人」

気の毒に、と菊野が肩を竦める。

「遺体を運び込んだのはいつなのか。この辺、住宅街だから防犯カメラも少ないし、車通りも少ないし、夜中だと目撃情報を集めるのも大変そうだよね」

「そのとおり」

言われるまでもなく、と望己は頷くと、押さえていたドアを離し彼もまた建物の外に出た。

「聞き込みかい? 一人でいいの?」

菊野の声を背に、目撃者を探すために周辺を歩いてみようと望己は現場を覆うブルーシートをくぐると一歩を踏み出した。

菊野の指摘どおり警察の捜査は二人一組で行うことが義務づけられている。が、今、国立署の刑事課で望己と積極的にペアを組もうとする刑事はいなかった。

　捜査会議前でもあるし、とりあえず周辺を歩くだけだ、と望己は心の中で呟《つぶや》きながら目撃者と、加えて防犯カメラを探し、現場周辺を歩き始めたが、深夜三時過ぎという時間ゆえ野次馬もまばらで、現場がブルーシートに覆われていることもあって、すぐに立ち去っていく。

　それでも数名残っていた野次馬に望己は警察手帳を見せ、聞き込みを始めたが、有益な情報はまったく得られず、他の刑事たちが署に戻る気配を察し、彼もまた国立署へと向かったのだった。

　すぐに捜査本部が立ち上がった上で捜査会議が開かれ、遺体発見の経緯や現場の状況などが鑑識係から発表された。内容は既に望己が聞いていたとおり『遺留品はなし』というものに加え、遺体の女性二人の身元を示すものも一切、発見されなかったということだった。

　遺体の写真が画面に映る。真っ白な顔をした二人の女性は、見た感じ二十代前半から半ば、二人とも派手な化粧を施していた。

「キャバ嬢ですかね」

「可能性は高いな」

　捜査員たちが囁《ささや》き合う中、会議を仕切っていた刑事課長が声を張る。

「まずは被害者《ガイシャ》の身元の特定、そして被害者を現場に運び入れた際の目撃情報の収集にあたってくれ」

「防犯カメラの映像は」

鑑識によると、会議までに解析をしておくということだったが、と、望己は挙手し、課長に問うた。

「フロアのは故障していた。最後に残っている映像は三日前のものだ。不動産会社もチェックしていなかったそうだ」

「入口のドア近くのはどうでしょう」

自分が見たときは稼働していたが、と問いを重ねる望己を、近くに座る同僚たちは、またスタンドプレーかというような顔を向けてくる。

早く帰って寝たいだけだと心の中で呟きつつ、課長からの答えを待つ。

「偶然だか必然だかは微妙なところだが、昨夜の夜九時から深夜二時——警察が現場に到着するまでの間、ビデオは稼働していなかった」

「………」

犯人の手によるものである可能性は高いなと一人頷く望己を一瞥《いちべつ》し、課長が話を続ける。

「二時以降の録画データを再生する。映っているのは野次馬だけだが、犯人が様子を見に戻った可能性もないとはいえない。身元の特定を急いでくれ」

課長の言葉が終わらないうちに、前方のディスプレイに防犯カメラの映像が映し出された。画像は粗いが人の顔は識別できる、と望己もまた画面に意識を集中させた。

「夜中の二時だから野次馬の数も少ない。防犯カメラを犯人が操作できたとなると、わざわざ姿を映すために戻ってくるとはまず思えないが……」

映像を見ながら課長が呟く。望己もまた同じことを考えていたが、露悪趣味で敢《あ》えて自身の姿を映像に残すという可能性はある、と画面を見つめる。

猟奇殺人――監察医、菊野の言葉が望己の頭に蘇《よみがえ》る。犯人は異常者だろうか。だとするとわざと姿を見せるということもやりかねないのではないか。

野次馬の中には、望己が事情聴取した男もいた。随分と長時間、あの場にいたものだと感心する。他は入れ代わり立ち代わり、といった感じで、長時間立ち尽くしているような人間はほぼいないといってよかった。

あの男は余程好奇心が旺盛なのか、それとも事件関係者なのだろうか。近所に住んでいると言っていたから、住所を特定し聞き込みに行くか、と心の中で呟いたそのとき、画面越し、望己の目に思いもかけない男の顔が飛び込んできた。

「……っ」

思わず息を呑《の》んだあとに我に返り周囲に目を配る。注目を浴びるわけにはいかない、と咄《とっ》嗟《さ》に考え、自分に気を配っている相手は誰一人いなかったことを確かめる。

その上で望己は画面に映る一人の男を食い入るようにして見つめ始めた。信じられないくらいに似ている。だが本人であるはずはない。他人のそら似に決まっている。

しかし――。

望己が見つめる中、男は一分もしないうちにその場を離れていった。その後も数名の男女が足を止め、すぐに立ち去っていくという映像が流れ続けていたが、本来であれば注目すべきである画面に目を向けながらも、激しく動揺していたせいで、少しも映像は望己の頭に入ってこなかった。

落ち着け。自身に言い聞かせ、抑えた息を吐く。

やがて会議は解散となり、課長が捜査の割り当てを指示し始める。自分の名前が呼ばれるより前に、と望己は自ら手を挙げた。

「課長、自分は菊野先生に解剖所見の詳細を聞きに行きたいのですが」

「何か気になるのか?」

「はい」

「わかった。そのあとは佐藤《さとう》たちと立川のキャバクラの聞き込みに向かってくれ」

「はい」

検挙率の高さもあって――他にも理由はあるのだが――望己は比較的、自由な行動が許されていた。

刑事課内で浮いているのはそうした課長の特別扱いが原因の一つでもあるのだが、その特別扱いが今は助かっている、と望己は密かに安堵《あんど》の息を吐いた。

解散となったあと、望己は自宅に戻ることなく真っ直ぐにある場所へと向かっていた。

夜明け前の閑静な住宅街は人通りがなく、静寂を保っている。自身の足音だけが響く路上を望己は足早に進んでいき、国立では珍しい高層マンションのエントランスに足を踏み入れた。

この時間、起きている可能性は低いとわかっていたが、起こすことに躊躇《ためら》いを覚えることなく、インターホンを鳴らす。

五秒。十秒。やがて、ガサ、という音と共にスピーカー越しに眠そうな男の声が響く。

『……入れ……』

早朝というにも早すぎる午前五時の往訪を責めることもなければ驚く様子もみせず、一言そう言った直後にオートロックの自動ドアが開く。

二十四時間営業を謳《うた》っている、看板に偽りなしだなと思いながら望己は自動ドアを入りエレベーターへと向かった。

望己が目指しているのは最上階の一番奥の部屋だった。表札は出ていない。ドアチャイムを鳴らすより前に、足音に聞き耳を立てていたらしい部屋の住人がドアを開いて迎えてくれる。

「やあ」

眠そうにはしていたが、笑顔を向けてきた男は、望己とは二十年以上の付き合いの長さを誇る、いわば幼馴染《おさななじ》みだった。

　本名は財前倫一《ざいぜんのりかず》。しかし事情があって本名を名乗ることはまずない。『仕事上』の名前は、林田倫一《はやしだりいち》、『リーチ』と呼ばれることが多い。

『リーチ』は子供の頃からのニックネームだったので、望己もまた彼を呼ぶときにはリーチと呼ぶ。

「本当に二十四時間営業なんだな」

　知ってはいたが、こんな時間に訪れたことはなかったので、望己は挨拶より前につい、感心した声を上げていた。

「知ってて来たんだろうが」

　倫一は呆《あき》れて言い返してきたがすぐ、

「どうぞ」

　と望己を中へと導いた。

「寝てたよな」

「さすがにな」

「こんな時間に依頼人と会うことはあるのか？」

「たまに。相当切羽詰まっている奴《やつ》とか」

　会話をしながら廊下を進み、突き当たりのリビングへと辿《たど》り着く。

「何か飲むか？　コーヒーとか」

俺は飲む、と告げる倫一の顔からは、すっかり眠気が引いている。しかしあいかわらず端整な顔だ、と望己は幼馴染みにして親友である男の顔を見やった。

身長は百八十二センチ、広い肩幅、長い足、と、日本人離れした優れた体軀《たいく》の持ち主である。顔立ちは精悍《せいかん》そのもので、人当たりがいいこともあり、学生時代、女子人気は高かった。凜々《りり》しい目元、すっと通った鼻梁《びりょう》、引き締まった唇、と、非の打ち所のない顔である。

寝間着にガウンという服装であるのに、だらしなさなど微塵《みじん》も感じさせず、仕草の一つ一つが『決まって』いる。こんな目立つ男がよく現職についているものだ、と感心するあまり、見つめ続けてしまっていたことに望己が気づいたのは、倫一が煩《うるさ》そうな顔でそれを指摘してきたからだった。

「熱い視線が気持ち悪いんだよ。何を飲むかって聞いたんだ。コーヒーなら淹《い》れてやる。俺も飲むからな。酒なら自分でやれ」

「悪い。コーヒーを頼む」

確かに気持ちが悪かったか、と反省し、答えを返す。

「わかった。座ってろ」

倫一がニッと笑ってソファを目で示す。

「深夜に来る客にもいつもこんなに手厚いのか？」

「いや。依頼人はこの部屋には通さない。俺が依頼人のところに足を運ぶようにしている」

「そうなんだ」

会話を続けているうちに、コーヒーのいい香りが漂ってきて、望己はようやく自分が落ち着きを取り戻しつつあることに気づいた。

今までの会話やコーヒーを勧めてくれたことは、自分の気持ちを平穏なものに戻そうとしてのことだったのか、とますます感心し、改めて倫一へと視線を向ける。

「で？　どうした？」

ほら、とコーヒーカップを差し出してきながら、倫一が問いかけてきたあとに静かな語調で言葉を続ける。

「こんな時間だ。相当なことがあったか、若しくは相当酔っ払っているかのどちらかだろうが、見た感じ酔った様子はない。一体何があった？　今もまるでいつものお前らしくない顔をしているぞ」

「……さすが……」

長い付き合いであるとはいえ、さすがの洞察力、と望己はカップを受け取りながら、感嘆の声を上げた。

「『警察以上に有能な探偵』という宣伝文句は誇張でもなんでもないんだな」

「警察官のお前に言われると妙な罪悪感が湧いてくるが」

倫一が苦笑し、望己の隣に腰を下ろすと、コーヒーを一口啜《すす》る。

「ああ、ようやく目が覚めた。それで？　用件は？　まさか依頼じゃないだろう？」

悪戯《いたずら》っぽく笑う倫一の職業は探偵である。とはいえ表立っては宣伝しておらず、依頼人は紹介制をとっている。

依頼内容も、浮気調査や素行調査などではない。刑事事件で、警察の捜査に不信感を持つ人間のため事件を再捜査する、世間的には一切、名も素性も明らかにされていない特殊な探偵なのである。

依頼人は誤認逮捕をされた被疑者の身内、若しくは関係者であり、倫一はその依頼に基づき事件を独自の方法で捜査、真犯人を見つけ出し、それを世間に発表する。

ゲリラ的にインターネット上に情報を流し、ＳＮＳで拡散する。真犯人に逃亡の恐れがあるときには確保した上で公開する。

『リーチ・ハヤシダ』の名で、警察の誤認逮捕を暴いているのがこの倫一であり、警察は勿《もち》論《ろん》、マスコミが素性を明らかにしたいと必死に捜索しているが、未《いま》だにそれを知るのは幼馴染みの望己のみという状況となっていた。

警察の人間として、いくら親友であったとしても見逃せないことであると、望己も勿論わかっている。だが倫一がなぜそうした行為をしているか、その理由を知っていることもあり、黙認していた。

望己は幼い頃から警察官になるのが夢であったし、成長した後に『夢』以上に刑事になりたいという強い希望を抱くようにもなっていた。念願叶《かな》って刑事にはなれたが、実際警察内に身を置くようになると、理想からはかけ離れた組織であると落胆した。

警察特有の縦社会しかり、嫉妬からくる子供じみた先輩刑事のいやがらせしかり。正義の心よりも自身の面子《メンツ》を優先する上層部の考え方にも馴染めずにいた望己は、やり方はともかく、結果として誤認逮捕を防いでくれる倫一の存在に密かに感謝の念を抱いてすらいた。

とはいえ、現職の刑事として、倫一に捜査の依頼をするわけにはいかないということも、充分、弁《わきま》えていた。捜査方針に疑念を抱いたときには、自分の力でひっくり返す。それができなければなんのために自分が存在しているというのだ。望己は常にそう考えており、実際、誤った方向に捜査が進みそうになるのを阻止したことが何度もあった。

しかし今回ばかりは、と漏れそうになる溜め息を堪《こら》え、望己は真っ直ぐに倫一を見つめた。

「どうした?」

倫一が目を見開き、笑顔で問いかけてくる。

「頼む……力を貸してほしい」

己の手を両膝に置き、深く頭を下げる。

「…………」

倫一が微《かす》かに息を呑む気配が伝わってきた。が、彼が口を開くことはなかった。何を依頼

したいのか、自分がそれを告げるのを待っているのだろうと察し、望己はすぐに明かそうとした。が、いざ、口に出すとなると、自分でも『まさか』と思っているがゆえに、何からどう説明すればいいのかを迷ってしまい、言葉が出なくなる。

「お前の頼みを、俺が断るはずないだろう」

いつしか言葉を探し、俯《うつむ》いてしまっていた望己の耳に、明るい倫一の声が響いた。

「犯罪にかかわること以外、なんでも力を貸そう。ああ、犯罪に抵触するレベルのことでも勿論、引き受ける。お前には恩があるからな」

ニッと笑いながら倫一が身を乗り出し、問うてくる。

「で？　俺は何をすればいい？」

恩があるのはコッチだ。あのとき自分は何もできなかったじゃないか。

それをまず、言わねばと口を開きかけた望己に気を遣ったのだろう、倫一が新たな問いを発する。

「捜査の手伝いか？　お前の力をもってしてもひっくり返せないような横槍《よこやり》が上から入ったとか？」

「いや……違う」

自分が説明しやすいように、倫一が会話を誘導してくれている。手間をかけさせ申し訳ないと望己は反省し、依頼内容を明かそうと心を決めた。

「事件現場の防犯カメラに、兄さんが映っていた——かもしれない」

「え？　優希《ゆうき》さんが？」

倫一は相当驚いたらしく、大声で問い返しながら更に身を乗り出してきた。

「優希さんが姿を消して十年が経《た》つ。それが今、姿を現したというのか？　しかも事件現場に？」

「……ああ……」

他人のそら似に違いないとは思う。画像もそう鮮明ではなかった。あり得ないと頭の中でいくら否定しようとも、映っていたのは兄、優希にしか見えず、それで望己は倫一のもとを訪れたのだった。

「頼む。あれが兄さんかどうか、確かめる手伝いをしてもらえないか？」

「ああ、勿論。さっき言っただろう？　お前の頼みならなんでも引き受けると。しかし……」

頷いた倫一の眉間にしっかりと刻まれた縦皺《たてじわ》を見るまでもなく、彼が懐疑的であることは望己にもわかった。

望己自身、あり得ないとは思っていた。というのも、画面に映った兄——と思《おぼ》しき男は、十年前に姿を消したときとまるで同じ様子をしており、この十年という歳月の積み重ねを全く感じさせなかったからだった。

自分よりも年下に見えた。いくらそっくりだったとはいえ、兄の年齢は三十を越しているはずである。

それに——望己の心を覗いたようなことを、倫一が告げる。

「事件の現場は国立なんだろう？　もし優希さんが国立にいるなら、真っ先にお前のところに戻ってくるんじゃないか？　昔と家は変わっていないのだし」

「……ああ。頭ではわかっている。きっと人違いに違いない。だが確かめたいんだ。違うなら違うでいい。それを確かめたい」

兄であったとすれば、なぜ事件現場に姿を現したのかと、気になることが増えていく。兄でないことがわかれば捜査にも集中できるようになる。

だから倫一に頼むのだ。防犯カメラに映っていた人物が誰なのかを。

兄であるはずはない。頭ではそう思っているのに、望己の内なる声が訴えかけてくる。

『あれは——兄さんだ』

見間違えるはずがない、自分が兄を。確固たる自信を持て余していた望己の頭にそのとき浮かんでいたのは、十年前に姿を消した兄の、最後に見た寂しげな笑顔だった。

2

望己には四歳年上の優希という名の兄がいた。が、望己が十八歳のときに失踪し、未だ行《ゆく》方《え》はわかっていない。

望己の父は警視庁刑事部捜査第一課の刑事で、何度も表彰されるほど有能ではあったが、望己が十四歳のときに殉職した。

刃物を所持した立てこもり犯から人質を守るために犠牲となったのだった。望己の母は彼が幼い頃他界しており、望己は四歳年上の兄と二人で生きていくこととなった。

父は優秀なだけではなく人望も厚かったため、部下や上司が何かと残された兄弟を気にかけてくれたこともあり、生活に困ることはなかった。

加えて兄の優希が望己に何一つ不自由を感じさせることがないよう、あらゆることに対し気を配ってくれていたおかげで、父亡きあとも望己はそれまでと同様の生活を送ることができたのだった。

刑事としての働きが突出していた父が、家庭にいる時間がほぼなかったこともある。とはいえ家族をないがしろにしていたわけではないことは、その愛情に触れていた望己も、また兄の優希もよくわかっていたため、子供の頃から兄弟の将来の夢は二人とも『父のような刑事になりたい』というものだった。

しかし成長するにつれ、身体があまり丈夫ではなかった優希は刑事になるのを諦め、監察医を目指すようになった。一方、望己は身長も伸びた上に、身体能力も高く、子供の頃からの夢をかなえるべく道場通いも続けており、優希はそんな望己のためにさまざまなフォローをしてくれていた。

望己が十八歳になるまでは。

「……優希さんが失踪したのは望己が大学に入ったときだったよな」

すっかり冷めてしまったコーヒーを淹れ直してくれた倫一に問われ、望己は「そうだ」と頷いた。

「大学の入学式の日だった。式を見に来てくれる約束をしていたが大学には現れず、帰宅すると通帳と手紙が置いてあった」

倫一には何度かしている話だが、改めてその日のことを思い出しながら、望己は説明を始めた。

「手紙には、暫《しばら》く家を出なければならなくなった、捜《さが》さないでほしい、大学を卒業するまでの学費や生活費は通帳の金を使えと書いてはあったが、どこに行くのかとか、いつ戻るのかは書いていなかった」

「ああ、そうだったな。書き置きを見せてもらった。警察には届けるなとも書いてあった。……前日まで、かわった様子は何もなかったんだよな、確か」

「まったくなかった。お前に相談した結果、暫く様子を見ようということになった。兄が自分の意志で家を出たことは間違いなさそうだったから」

途方に暮れていた自分に対し、驚いてはいたもののすぐ冷静さを取り戻すと、理路整然とした口調で状況を分析していった若き日の倫一の姿を思い出す。

望己は、兄が犯罪に巻き込まれたのではないかと案じていたが、倫一は兄自身が何かしらの罪を犯したのではないかと考えていた、と、あとから教えてくれた。

ほとぼりが冷めるまで姿をくらますということではないか、だとしたら警察に届けることが逮捕に繋《つな》がるのではと心配し、取り敢えずは手紙の言いつけに従い、動くなというアドバイスを与えたとのことだった。

倫一は、そのうちに警察が行方を捜し出すだろうと予測していたという。しかし、彼の読みは外れ、半年が経ち一年が経っても、兄が指名手配されるようなことにはならなかった。

そのうちに倫一の身に不幸が訪れ、満足に挨拶もできないまま米国にいる叔父《おじ》のもとへと旅立っていった。彼が帰国するのは五年後、今から五年前であり、そこからまた付き合いが再開したのだった。

思考が逸《そ》れた、と望己は軽く頭を振ると、その後の経緯を話し始めた。

「警察には届けないでほしいということだったので、独力で兄の行方を捜そうとした。が、手がかりはまったく摑《つか》めなかった」

望己にも、兄が社交的な性格ではないとはなんとなくわかっていたが、大学生になってからの友人は一人も見つけることができず、中学高校の同級生とも、長らく連絡を取り合っていないことがわかっては、手がかりを見つけることすらできなかった。

兄が大学生になった直後に父が亡くなったため、自分の世話をするのに手一杯で、友人と付き合う余裕がなかったのではないか。そう思うと罪悪感しか湧いてこず、とにかく可能性のありそうな場所を——兄が思い入れを持ちそうな場所を捜すことに休日を費やしたが、年月が経つにつれ、諦観に見舞われるようになった。

兄は、家に洋服や日用品を残していたが、日記や手帳、また、手紙の類はいくら捜しても見つけることができなかった。

そこに望己は、兄の『自分を捜すな』という強い意志を感じ取るしかなく、いつか帰ってきてくれることを信じ、今も兄と共に暮らしていた家に住み続けている。

望己が刑事になったのは幼い頃からの夢だったからだが、警察にいれば兄を捜す手がかりを得ることができるのではと、それに一縷《いちる》の望みを抱いたためでもあった。

兄がもし、犯罪に巻き込まれていたとしたら救いたいという願いもある。しかし実際刑事となってみると、次から次へと事件は起こり、日々捜査に追われて兄の行方を捜すような余裕はまったくないまま月日が流れ今に至っている。

「それが今日、事件現場の防犯カメラに優希さんの姿が映っていた——映像は持ち出せないよな」

話を聞き終えた倫一が、敢えてと思われる淡々とした口調で問いかけてくる。

「明日にでも鑑識に頼んでコピーを貰《もら》おうと思う」

何か口実を設けて、と望己が答えると、倫一が立ち上がった。

「現場は？　どこだ？」

「大学通りとさくら通りが交差したあたりだ。一本路地を入った」

「一中《いっちゅう》側？」

「逆だ」

「詳しい番地はわかるか？」

「ああ」

そのまま部屋を出ようとする倫一のあとに望己は続き、彼が廊下を出てすぐの部屋に入るそのあとについて望己もまた部屋に入った。

「その辺の椅子、持ってきて座ってくれ」

書斎と思しき部屋の明かりをつけ、窓辺にあるデスクへと向かいながら倫一が望己に声をかける。

「凄《すご》い部屋だな」

天井までの高さがある本棚には本やらファイルやらが並んでいる。デスクには大きなモニターが三台あり、倫一がパソコンを立ち上げるとぱっと画面が映った。

「番地は？」

「国立市富士見台……」

現場の住所を告げると倫一はキーボードを操作していたが、すぐ、

「このカメラなら録画が残っているな」

と言ったかと思うと、またもキーボードを叩いてから望己に声をかけてきた。

「現場はここだな？」

「……っ。ああ」

これはもしやハッキングか、と望己は驚いたが、倫一にかかればお手のものだったかと内心溜め息を漏らす。

違法ではあるが、そもそも依頼したのは自分なのだ、と犯罪に荷担することへの罪悪感と折り合いをつけた望己に、倫一が問いを重ねてくる。

「優希さんらしき男が映っていた時間はわかるか？」

「午前二時から三時の間くらいだ」

「ちょっと待て」

モニターに映し出されている映像は、望己が捜査会議で見たものと同じだった。間もなく現れる、と覚悟していたはずが、実際兄と思しき男の姿が映ると、

「止めてくれ」

と告げた声は酷く掠《かす》れたものとなっていた。

「……似てるな」

望己が彼だと教えるまでもなく、倫一は優希らしき男を認めたようだった。

「画像をもう少しクリアにしてみよう」

画面を静止させるとそう告げ、男の顔を拡大する。

「…………兄さん…………」

粗い画像があっという間に精緻なものになっていく。顔立ちがはっきりわかるようになればなるほど、望己はそこにいるのが兄としか思えず、気づかぬうちにそう呟いてしまっていた。

「確かに似ている。しかし、若すぎないか？　優希さん、俺達の四つ上だよな？」

「ああ」

更にアップにしてくれた画像を見てもやはり、兄にしか見えない、と望己は食い入るように画面を見つめた。

「どう見ても二十歳《はたち》そこそこだろう」

「兄は年齢より若く見えた」

言いながら望己は、それにしても若すぎだ、と心の中で呟いた。

十年前とまるで姿が変わっていない。確かに当時から兄は若く見えたが、どれほど若く見えるにしても、三十二歳の男が二十歳そこそこに見えるだろうか。

兄が失踪した当時の年齢は二十二歳、あの頃兄は十代にも見えた。画面の中の男も、十代といわれれば十代にも見える。

「静止画だけじゃなく、動作も見るとするか」

倫一がそう言い、またキーボードを操作する。

「…………」

おそらく、人違いであろうと倫一は思っているに違いなかった。動きに共通点があることを確かめるというよりは、違いを明らかにさせようとしたのだろうと望己は察したのだが、動いている姿を見れば見るほど、在りし日の兄と重なって見え、望己は言葉を失っていった。

間違いなく――兄だ。

「どうだ？」

倫一が探るような目を向けているのはわかった。あり得ないと思っているであろう彼に対し、望己は正直な思いを告げた。

「……兄にしか見えない」

「随分若い歩き方だぞ」

画面の中ではちょうど、兄——と思しき男が立ち去っていくところが映っていた。

「兄さんの歩き方にそっくりだ。少し俯いて歩くんだ、兄は」

画面から消えた兄の姿が、逆再生により再び画面に現れる。

「若すぎる」

「ああ」

「しかしお前は、優希さん本人だと感じた」

「そうだ」

「……まあともかく、この人物がどこの誰かということを突き止めればいいんだな」

倫一はやはり、兄とは思っていない。自分が彼でもそうだろう。しかし似すぎているのだ、と望己は思いながらも頭を下げた。

「頼む」

「早速、追跡にかかろう。周囲の防犯カメラの映像を片っ端から当たっていく」

「…………」

また違法行為だ、と思ったが、今回も望己はそれを声に出すことも表情に出すことも堪え、次々と画面に映し出される映像を彼もまた見つめていた。

「おかしいな」

暫くキーボードを叩いていた倫一が首を傾《かし》げる。

「周辺の、どのカメラにも映っていない」

「映ってない？」

「車にでも乗り込んだのか、はたまたごく近くに住んでいるのか……深夜二時という時間を思うと、近所に住んでいる可能性が高そうだが」

「近所………」

同じ市内に、兄が住んでいたというのだろうか。手を伸ばせば届く距離にずっと兄はいたのだろうか。

少しも気づくことなく過ごしてきたのか、自分は。

「……ともかく、今は人に話を聞ける時間ではないからな。明日——ああ、もう、今日か。この周辺を当たってみる。それでいいか？」

倫一の問いかけに、望己ははっと我に返った。

「……ああ、頼む」

やりきれない思いが募る。少しも冷静ではいられない自分を持て余してはいたが、気力で落ち着きを取り戻そうとしていた望己に、倫一が問いかけてきた。

「ところで、どんな事件だったんだ？　殺人？」

「……ああ。『猟奇殺人』といわれる類の事件だった」

明日になればマスコミがこぞって事件について騒ぎ出すだろう。それに倫一の能力をもってすれば、事件の概要などすぐ探ることができるに違いない。

そう思ったこともあり、望己は倫一に問われるがまま、事件について話し始めた。

「猟奇？　珍しいな。この辺では。被害者は？　男？　女？」

「女性二人だ」

「複数か。犯人の目星は？」

「ついてない」

「どう『猟奇』だった？」

「全身の血を抜かれてた。二体とも」

「血？」

意外な答えだったようで、倫一が驚いたように目を見開く。

「致命傷は？」

「胸の刺し傷だ。血液が抜かれたのは首筋の傷からだと監察医は言っていた」

「首筋……吸血鬼か何かを装ったのかね」

呆れた口調になった倫一の言葉を聞き、確かに、と望己もまた頷いた。

「吸血鬼か」

「おいおい、首筋から血を吸われた、といえばまず、吸血鬼を思い浮かべないか？」

想像力が貧困だぞと揶揄《やゆ》してくる倫一に対し、なぜその発想が浮かばなかったのかと望己は考え、すぐに答えを見つけた。

「首筋の傷は刃物によるものだった。血を吸われたという印象がなかったから、思いつかなかったんだと思う。監察医も逆さ吊りにして血を抜いたようだと言っていたし」

「逆さ吊り?」

「ああ」

そう言っていた、と頷いた望己の前で、倫一が首を傾げる。

「血が必要だったのか? 血液型は?」

「一人がO型、もう一人がA型らしい」

「被害者の身元は?」

「割れていない。化粧から二人ともキャバ嬢だったのではないかと思われる」

「年齢は?」

「見た感じ、二十代前半。解剖所見では二十代から三十代となっていた」

「まあ、広めにとるだろうからな」

うーん、と倫一が唸《うな》ったあとに、やにわにキーボードを叩き始める。

「似た事案がないかということなら、答えは『なし』だ」

「所轄内?」

「全国的に」

「さすがにその辺は調べるか」

倫一が苦笑するのに、望己は肩を竦めた。

「お前は警察を馬鹿にしすぎる傾向があるな」

「お前だって馬鹿にしているくせに」

「俺は馬鹿にしているんじゃない。失望してるんだ」

望己の言葉に倫一は、

「お前のほうが言ってることはキツいぞ」

と尚《なお》も苦笑しつつ、キーボードを叩き続ける。

「何を探している？」

結局、警察を信用していないということか、と思いながら望己はディスプレイを見やった。

「吸血鬼の噂《うわさ》」

「吸血鬼？」

「都市伝説か？」

望己の声が思わず高くなる。

「そうしたものも含めて、噂になっていることはないかなと」

「吸血鬼……か」

少なくとも自分は聞いたことがない、と首を傾げながら望己は、二人の遺体から血液が抜かれた理由を改めて考えてみた。

血が必要だった——なんのために？

輸血？　闇医者が手術でもするのに？　普通に生きている人間から血をもらうだろう。殺す必要はないし、二人の被害者の血液型が違う。

大量の血が必要なケースに何があるだろう。『猟奇』という単語しか浮かんでこない、と首を横に振る。

「吸血鬼の真似《まね》をして血を飲んだり、血液を浴びたりという頭のおかしい輩《やから》は存在する……が、この辺りでは噂にもなっていないようだな」

残念ながら、と倫一もまた首を横に振ると、パソコンの画面を閉じた。

「事件のほうは俺が関与するまでもないんだよな」

「……まあ、関与してくれたほうが早く解決するとは思うが」

それは認めざるを得ない、と頷いたあとに望己は、

「でも今は」

と言葉を続けた。

「まず、防犯カメラに映っていたのが兄か否かを確かめたい」

「わかってるさ。勿論、それを最優先に動くつもりだよ」

安心してくれ、と微笑《ほほえ》む倫一に望己は「頼む」と頭を下げた。

「これからどうする？　帰って寝るか？」

モニターの前から立ち上がり、倫一がそう問うてくる。

「ああ。寝る」

「明日は？」

「監察医の話を聞いたあとに、現場近辺で聞き込みをするつもりだ」

「監察医って、谷保《やほ》のほうの医院の先生だっけ」

「よく覚えてるな」

一度話題に出したような気がするが、と感心した望己に倫一が問いを重ねてくる。

「目的は？」

「明日、単独行動をするのに名前を出した。行かないと嘘《うそ》になるし、それに解剖所見について彼の意見も聞きたい」

「信頼しているんだな」

揶揄めいた口調で倫一がそう言い、にやりと笑うのに、望己は淡々と答えを返した。

「している。監察医も鑑識も。刑事が一番、信頼できない」

「問題発言すぎてどこから突っ込めばいいのやら」

やれやれ、と倫一が溜め息をつき、望己の背を促す。

「今、相当頭、働いてないだろう？　眠いか？　うちで寝ていくか？」

「いや帰る。そのほうが明日、便利だし」

「そうか」

望己には自分の頭が働いていないという自覚がなかった。眠いどころか、兄かもしれない人物の出現に興奮し、目は冴《さ》えわたっているくらいの状態だった。

受け答えを胡乱《うろん》に感じたのだろうか。内心首を傾げつつ、玄関まで送ってくれていた倫一を振り返る。

「まあ、あまり思いつめるな」

目が合うと倫一は言葉を選ぶようにしてそう言い、ぽんと肩を叩いてきた。なるほど、興奮状態を見抜かれ、気遣ってくれたのかと望己は察し、今更ながら友の思いやりに感謝した。

「ああ、ありがとう」

笑顔で礼を言い、ドアを出る。倫一のマンションも望己の家と同じ国立市内にあるのだが、徒歩では二十分の距離があった。タクシーが通っていたら乗ることにしようと思いつつ望己は白々とした夜明けの空の下、自宅を目指したのだが、頭に浮かぶのは防犯カメラに映っていた兄としか思えない男の顔だけだった。

頭ではわかっている。兄であるはずがない。第一、年齢が合わない。倫一に指摘されるまでもなく、映像の中の男は十代、いって二十代前半に見えた。

兄が自分の前から姿を消したときの外見そのものだった——いつしか望己の思考は、十年前へと飛んでいた。

あまり身体が丈夫ではなかった兄の身長をちょうど追い越した頃だった。華奢《きゃしゃ》で線の細い体型をしていた上、母親によく似た女顔だったこともあって、いつしか望己は、自分こそが兄を守らねばと思うようになっていた。

しかしそんな態度をとるとすぐ、兄には苦笑されてしまった。

『僕のことを心配するより、刑事になる夢をかなえるための準備にいそしむといいよ』

身体を鍛えることも、頭脳を磨くことも必要なんだから、と、ハッパをかけられ、わかっている、とむくれたことを思い出す。

父親が亡くなってからの四年間、自身のことは常に後回しにし、弟である自分の世話を焼いてくれていた優しい兄がなぜ、失踪したのか。その理由はいくら考えてもわからなかった。兄は今、どこで何をしているのだろう。生きて元気でいてくれたら、それだけで満足だ。できれば行方を突き止め、再び顔を合わせたいけれども。

防犯カメラに映っていたあの人物の顔が、望己の頭の中で巡っている。兄そっくりの男。しかし兄ではあり得ないはずの男。他人の空似に違いない。わかっていながらも望己は、あの人物はやはり兄ではないのかという疑いを捨てきれずにいたのだった。

翌朝、望己は一人、監察医の菊野の医院へと向かった。

「すみません、先生、少しよろしいですか」

受付の女性は出勤前だったようで、無人の受付の前を素通りし診察室へと向かった望己を、菊野は驚きつつも歓迎してくれた。

「やあ。どうしたの。寝不足って顔してるけど」

「二時間しか寝ていないので」

「栄養剤でも打とうか？」

「いや、結構です」

「遠慮することないのに」

いつものように、フレンドリーな態度をとってくる彼に望己は、来訪の目的を告げた。

「昨日の遺体について、先生の意見を伺いたいんですが」

「なにその、とってつけたような台詞《せりふ》」

菊野がぷっと噴き出し、椅子から立ち上がる。

「コーヒーでも淹れよう。その間に本来の目的を明かしてほしいな」

「いや、それが『本来の目的』です」

時に菊野は鋭い指摘を繰り出してくる。一人で動くための口実だということはさすがに明かせない、と望己は、実際、遺体について興味深く思った事柄を菊野に問うていった。

「首筋の傷についてです。胸を刺したのと同じ刃物と思っていいんですよね？」

「ああ。傷口は一致した。凶器は出てないんだよね？」

逆に問いかけてきた菊野に望己は「はい」と頷いた。

「店内からは今のところ見つかっていません。早朝から現場周辺の捜索が始まるかと思われます……ああ、殺害現場はあの店ではないですよね？」

望己の問いに、コーヒーカップを手渡してくれながら菊野が答える。

「ああ、違うね。遺体は運び込まれただけだ」

「二人の女性の胃はほぼ空っぽだったんですよね。拘束されていたんでしょうか」

「手首足首にはそれらしい痕跡はなかったけれど、タオル越しに縛られでもしたら痕は残らないしね」

「何か気になる特徴はありましたか？」

「いやあ、特に。若くてスタイルのいい子たちだな、と思ったくらいだ」

「…………」

確かにそれはそうだが、聞きたいのはそういうことではなくて、と思わず睨んでしまった望己の視線を受け止め、菊野がニッと笑う。

「冗談だよ。気になったのは勿論、血を抜かれていたことだよね」

「首筋の傷からでしたよね」

「そう。逆さ吊りにでもしたんじゃないかな。足首にそんなあとは残ってなかったけど」

気味が悪いよね、と菊野が眉を寄せる。

「吸血鬼じゃあるまいし」

「なりきりですかね。首筋から血を抜くというのは」

望己の言葉を菊野は、

「頸動脈《けいどうみゃく》は出血が激しいという理由かな」

とやんわりと否定したあと「にしても」と言葉を続ける。

「血を抜く理由はわからないよね。随分な手間のはずだ。なんのために血を抜いたのか。意味などない、単なる猟奇殺人なのか……遺体を見ただけでは判断がつかないな」

「……そうですか……」

結局、新たに得られた情報は一つもなかったという結論に達すると望己は、

「早朝から申し訳ありませんでした」

と挨拶をし、医院を辞そうとした。

「マスコミにはどこまで発表するって？」

そんな彼の背に、菊野の声が響く。

「聞いてません。おそらく、血液のことは伏せるんじゃないかと」

「まあ、そうだろうね」

菊野が苦笑し、肩を竦める。彼を苦笑させたのは、自分が何も情報を得ていないからだろうと反省しつつ、

「すみません」

と頭を下げた望己の耳に、菊野の声がぽつんと響く。

「……これで終わりそうにない気がする」

「え？」

意味がわからず問い返すと、そこで初めて菊野は我に返った顔となった。

「ああ、悪い。独り言だ。いやな予感がする、という……」

「嫌な予感？」

頭を掻《か》く菊野に対し、望己は身を乗り出し、問いかけた。

「どういう予感ですか？」

「ただの予感だよ。根拠はほぼない」

言い渋る菊野を、見つめることで促す。と、菊野は諦めたように溜め息を漏らし、口を開いた。

「似たような遺体が続けて出るんじゃないかと思ったんだよ」

「連続殺人……」

確かに、その可能性は否めない。全身から血を抜くなどといった猟奇殺人の犯人が同じような罪を犯す確率は決して低いものではなかった。

また、犯人の動機が猟奇的な事件を起こすことにあるような場合は、今後の被害者の想定もまた難しくなる。恨みを持って殺すのではなく、ある意味『誰でもよい』わけで、そうなると未然に防ぎようがないため、できればそうあってほしくないものだと望己は溜め息を漏らした。

「他に何か気づいたことがあればご連絡ください」

望己はそう言い、菊野のもとを辞した。このあとは被害者二人の身元を特定するため、立川のキャバクラに聞き込みに行けという指示が出ていたが、それを無視して望己は昨日兄に似た男が防犯カメラに映っていた、現場の近くへと向かった。

兄が立ち去ったと思われる方向に足を進め、周囲を見渡す。この住宅街のどこかに兄はいるのだろうか。一軒一軒、確かめるわけにはいかないが、近くの防犯カメラには映っていなかったということなので、範囲は狭められるかもしれない。

とはいえ、捜査とはまったく関係ないことでもあるし、倫一にも依頼したことだしと、望己は軽く頭を振ると、再び現場へと戻った。

「…………」

現場はブルーシートに覆われており、前に警官が立っていた。興味深そうに中を覗き込もうとしている男が、昨日、自身が聞き込みを行った、長時間現場前に立っていた男であることに気づき、望己は声をかけてみることにした。

「すみません」

「あ、刑事さん」

望己を振り返った男は、一瞬、ぎょっとした顔になった。が、すぐに興味津々といった表情となると、逆に彼のほうから望己に問いかけてきた。

「昨日の事件、ニュースで見ました。若い女性が二人も殺されていたんですね。犯人の目星はもうついているんですか？」

「事件に随分興味がおありなんですね」

そう言いはしたが、この男はただの野次馬だろうなと望己は判断を下した。

「興味というか……家が近所なもので……」

おろおろし始めた彼に、住所と名前を聞く。

「あ、怪しい者じゃありません。その、オカルトとか、ミステリーとかに興味があるだけなんで……」

言い訳をしながら男は名乗り、身分証として自動車免許を見せてくれた。田辺《たなべ》という名の近所に住む大学生で、去年、東京に出てきたのだという。

「生まれて初めて殺人事件の現場に行き当たったので珍しくて……。大学の友達にも自慢したくて、つい……」

現場近くをうろうろしてしまった、と田辺は望己に「すみません」と頭を下げた。

「昨夜も随分と長いこと現場前にいたようですが」

「あ、あの、ほんと、興味があっただけなので！　俺、事件とはまったく関係ありません」

田辺は慌てた様子となったが、望己が、

「野次馬の中に、気になる人はいませんでしたか？」

と聞くと、真剣な顔で考え始めた。

「……気になるというか……ふらっと来て、真剣に見てたけどまたふいといなくなった人がいて。その人が結構印象的だったなと……」

記憶を呼び起こしたといった様子の彼が、首を傾げつつ話し出す。

「どう印象的だったんですか？」

「若い男だったんですが、色白で、その……とても綺麗で。つい目で追ってしまってたんですが、ふっといなくなって」

「…………」

もしや彼は、あの、兄に似た男のことを言っているのではないか。望己の鼓動が一瞬にして高鳴る。

「怪しいってわけじゃなく、幽霊か何かかと……す、すみません。ふざけてるわけじゃないんです。き、気になった人を一生懸命思い出そうとして……」

「ありがとうございます。またお話を伺うこともあるかもしれません」

今、この瞬間にも望己は彼に兄の写真を見せ、お前が気になったのはこの人かと聞きたい気持ちになっていた。が、それこそ事件にはまるで関係がないことだ、と思い留《とど》まる。

色白で綺麗。そしてふっと消えた。まるで幽霊のように。

本当に『ふっと消えた』から周囲の防犯カメラには映らなかったのではないか。自分がどれだけ馬鹿げたことを考えているか、さすがにその自覚はある。

田辺からの聞き込みを終えた望己は、気力で気持ちを切り換えると、捜査に戻るべく立川へと向かうことにしたのだったが、そのあとも防犯カメラに映っていた兄そっくりの男の映像がちらちらと思考上に浮かんできては、望己が集中力を高めようとする妨げとなったのだった。

3

立川のキャバクラをはじめ、被害者の身元特定のために捜査員たちは奔走したが、その日のうちに手がかりを得ることはできなかった。

当然ながら捜索願いが出ている若い女性と照合もしたが、当てはまらない。夜に行われた捜査会議では、捜索の範囲を都内全域に広げるのと同時に、近隣の県に協力依頼を出すということが決まった。

目撃情報についてはやはりめぼしいものは何も出ず、防犯カメラに映っていた遺体を運び込んだ車は盗難車で、小平霊園近くの路上に乗り捨てられているのが発見されたが、その近辺に防犯カメラの設置はなく、車内にはなんの痕跡も残っていない状態だった。

早くも捜査は暗礁に乗り上げ、今後の捜査方針については、とにかく被害者の特定と、遺体が捨てられた店の前の持ち主、現在管理している不動産会社の周辺を徹底的に洗うということとなり、深夜一時過ぎに捜査会議はお開きとなった。

皆が帰路を急ぐ中、望己は今夜も倫一の許《もと》に向かっていた。調査状況を知りたかったのと、日中、現場にいた大学生から聞いた『色白で綺麗な男』について、倫一に考察してもらいたいと願ったこともあった。

インターホンを押すとすぐに倫一はオートロックを解除してくれ、望己は彼の部屋を目指した。

「お疲れ。どうやら捜査状況は芳しくないようだな」

望己の顔を見て開口一番、倫一がそう言ってきたのに、望己は肩を竦めてみせることで、そのとおりだと伝えた。

「何か飲むか？」

「ビールかな」

「座ってろ」

倫一に言われ、ダイニングの椅子に腰を下ろす。

「こっちも今日のところはめぼしい情報はない」

ほら、と、銀色のビールの缶を差し出してくれながら倫一が言ってきたのに、望己は落胆しつつも、『色白で綺麗な男』について、田辺から聞いた話を彼に伝えた。

「大学生っていうのはそんなに暇なものなのかね」

呆れてみせた倫一だったが、望己が、

「どう思う？」

と聞くと、小首を傾げ自身の見解を述べ始めた。

「優希さんは確かに『色白で綺麗』ではあるけど、特定はできないよな……。その田辺という大学生に、写真でも見せてみるか？」

「兄さんが――もしあの場にいたのが兄さんだったとしたらだが、事件と関係があると思われるかと案じて俺は控えた」

「刑事に聞かれたら事件絡みかと思うよな。よし、明日にでも俺が聞いてやる」

「ありがとう」

礼を言い、望己は田辺の連絡先を倫一に伝えた。

「幽霊なら防犯カメラには映らないだろうから、間違いなく『色白の美人』は存在するとは思う。それが優希さんであるかはともかく」

倫一はそう言い、ちらと望己を見た。

「わかってる。期待するなと言いたいんだろう？」

実際、『期待』というレベルの気持ちを敢えて持たないようにしている。倫一に答えながら望己は心の中でそう呟いた。

周辺の防犯カメラに映っていないのは、現場近辺に居住している可能性が高いからで、そうした人物の割り出しをした上で倫一が『めぼしい情報はない』と言ったと軽く推察できる。

兄、優希が行方不明になってから十年が経つ。これまでの間に望己は数え切れないほどの期待をし、都度裏切られてきた。期待を抱かないのは自己防衛の手段である。

倫一に対しても二年ほど前、テレビのニュース映像に兄が映っていたように思い、軽井沢まで調査に行ってもらったことがあった。

結果は言うまでもなくまったくの別人であったのだが、望己が兄だと思った人物は映像にちらと一瞬映っただけであったのに、倫一はあっという間にその人物を特定してみせ、彼の捜査能力はやはり警察以上だと望己を心底感心させた。

今日一日、どういう捜査をし、どういう状況だったのかという詳しい説明を求めないのは、それだけ望己が倫一の能力を信頼しているその証《あか》しだった。

明日、彼は田辺に話を聞きに行ってくれるという。軽井沢のニュース映像のように、倫一であれば事件の夜、防犯カメラに映っていた人物を特定してくれるに違いない。

他人であったという結果であろうが、と望己が密かに溜め息を漏らしたそのとき、ポケットに入れていたスマートフォンが着信に震えた。

「悪い」

深夜の電話は間違い電話でなければ百パーセント、事件発生である。一言断り応対に出た望己の耳に、刑事課長の焦った声が響いてきた。

『北口の閉店したラーメン店で男女二名の遺体が発見された。また血を抜かれている。住所を言う。すぐ向かってくれ』

「……っ。わかりました」

まさか本当に連続殺人となろうとは。頭に血が上りかけた望己だったが、すぐに冷静さを取り戻すと電話を切り立ち上がった。

「事件か？」

望己が口を開くより前に倫一が問うてくる。

「ああ」

「もしや似たような事件が起こったんじゃや？」

「……っ。よくわかったな」

電話の向こうの上司の声が漏れ聞こえたとは思えない。勘だろうか。さすがだと思いながら頷いた望己は、

「それじゃ」

とそのまま玄関へと向かおうとしたが、その背に倫一が声をかけてきた。

「場所を教えてくれ。俺も行く」

「え？」

戸惑いから振り返った望己に倫一が頷く。

「念のためだ。野次馬をチェックする」

「…………わかった」

探している人物がまた現れるのではないか。倫一がそう考えたことを察し、望己は一瞬、

そんな馬鹿なと反論しようとした。が、すぐに、映像の男が兄と決まったわけではないのだからと考えを改めた。

可能性としては低い。姿を現すとしたら例の暇な大学生、田辺のほうがよほど確率的に高いに違いない。しかし、現れないという保証もない。それで望己は倫一に現場の住所を伝え、そのまま二人は別々に現場へと向かうこととなった。

徒歩にして八分ほどの距離ではあったが、全力疾走したため五分ほどで到着することができた。パトカーのサイレン音を聞きつけたのか、既に野次馬が集まり始めている。

「遅くなりました」

現場は駅の北口から徒歩五分ほどのところにある、二ヶ月ほど前に閉店したラーメン店だった。かなり人気はあったのだが、人気ゆえ路上の行列が周囲の店舗や住宅から苦情の対象となり、別の市に店舗を移転することが決まったのだった。

店内に足を踏み入れる際、望己はちらと背後を振り返った。倫一の姿を捜したのだが、野次馬の中に見つけることはできない。来ているはずだがさすがだなと思いつつ望己は、スーツのポケットから取り出した手袋を嵌《は》めながら遺体へと近づいていった。

「当たってほしくない予感が当たってしまったね」

監察医の菊野が望己に気づき、振り返って肩を竦める。

「同一犯の可能性が高いと?」

「おそらくね。凶器は発見されていないけど、昨日の遺体と同じ形状のものだ。遺体が全裸であるのも同じ。現場がここではないのも同じ。遺体の状態についてはマスコミには伏せているんだよね？」

「はい」

「だとしたら同一犯じゃないかな。胃の中は空っぽだ。前の被害者同様、拉致でもされて食事を与えられることなく殺された……のかな。詳しいことは解剖してみないとわからないけど、見た感じ、昨日発見された遺体よりも前に殺されている可能性が高いね」

「！　そうですか」

連続殺人、しかもこちらのほうが先とは、と息を呑んだ望己に菊野が説明を続ける。

「さっき鑑識さんが、身元を判別できるようなものはなかったと言ってたよ。また、顔がよくてスタイルがいい若い子だ」

「致命傷は？」

「胸。それも前回と同じ。傷に生体反応はある。それも同じ」

「同一犯じゃなかったら……元ネタがあるとか？」

菊野に話しかけたのではなく、望己としては独り言を言ったつもりだったのだが、菊野はきっちり拾ってくれた上で彼なりの見解を話してくれた。

「元ネタについては僕も気になって調べてみたんだけど、ちょっと見当たらなかったよ。国内でも海外でも。かなり昔まで遡ってみたんだけどね」

「そうですか」

さすが、と望己は感心し、思わず菊野を振り返っていた。

「ネットで調べたくらいだけどね」

菊野が少し照れたように笑い、肩を竦める。

「にしても、こういう、遺体に悪戯するような犯人は許せないよね」

そして憤った声を上げ、遺体を見つめる。彼の視線を追い望己も男女二人の遺体へと目を向けたが、やはりいたましさを覚えずにはいられなかった。

菊野が言ったとおり、顔立ちの整った、スタイルのいい二人である。共通点がそれのみだとしたら、身元判明にも犯人に辿り着くのにも時間がかかることになりそうだ。そんなことは言っていられないが、と望己は弱気な自分を密かに叱咤《しった》し、遺体の観察を始めた。

なぜ彼らは血を抜かれているのか。

「血液型はB型とO型。前はA型とO型だった……やはり血液型は関係ないのかねえ」

言いながら菊野は助手に合図をし、遺体の運び出しの準備を始める。邪魔にはならないようにと望己はその場を離れると、鑑識の林へと歩み寄った。

「何か出ましたか？」

「今回も何も。やはり犯人は我々警察の捜査について知識のある人間のようですね。とはいえまあ、今日日《きょうび》、テレビドラマや小説でいくらでもそうした描写は出てきますが……」

「確かに……」

そうですね、と相槌《あいづち》を打ったあと望己は、そういえば、と問いを発した。

「防犯カメラはどうでした?」

「ここは設置されていないですね。ただ、右隣が店舗なので、何か映り込んでいることを期待していますが」

「結果が出たら教えてください」

宜《よろ》しくお願いします、と望己は林に頭を下げると、そのまま店を出て集まる野次馬へと視線を向けた。

「…………」

またあの暇な大学生、田辺が来ている。望己の顔を覚えていたのか、視線を向けると、ぎょっとした顔となり、慌てて首を横に振りながら後ずさっていった。

犯人扱いされてはたまらないと思ったのだろう。実際彼と話してみた感じ、容疑者にはなり得ないと望己は判断したのだった。

ただの好奇心旺盛なマニアだ。おそらく誰かがSNSに呟いたのを見て駆けつけたのではないかと思われる。

とはいえ、その判断が百パーセント当たっているとは言い切れず、一応、話だけは聞いておくかと望己はその場を離れようとしている大学生に近づいていった。

「田辺さん、少しお話いいですか？」

望己に声をかけられると田辺は真《ま》っ青《さお》になり、必死の形相で言い訳を始めたのだった。

「北口にパトカーが来ている、かなりの人数の警察官がいるので大きな事件かも、というSNSの書き込みを見て、好奇心を煽《あお》られたんです。本当です」

「……あなた以外に、昨日の現場にいた人間はいましたか？」

やはり印象としてはシロだ。これが演技ならアカデミー賞もとれるだろう。そう思いながら望己は、この機会にと彼から兄に似た男の情報を得ようとした。

「ど、どうでしょう」

おどおどしながら田辺が周囲を見渡す。

「い、今のところ、見当たりません。でも、昨日もそんなに野次馬の顔は見ていないんです……」

「そうですか」

印象に残った『色白で綺麗な男』についても聞いてみたかったが、今話を出さないということは、見かけていないということだろう。

あとのことは倫一に任せようと望己は心を決めると礼を言い、田辺の傍から離れようとした。と、そのとき、

「あ」

後ずさりかけていた田辺が驚いたような声を漏らしたため、望己は驚いて再び彼を振り返ると、田辺は現場の店のほうを興奮した様子で指さしている。

「き、昨日の男が今、いました！　色の白い、綺麗な！」

「……っ」

彼の指さしたほうを望己も見やる。しかし望己の目は、兄、もしくは兄によく似た男の姿を捉えることができなかった。

「あ、あれ？」

『色白で綺麗な男』は兄とは似ていなかったということか。そう判断しかけた望己の耳に、戸惑った様子の田辺の声が響く。

「今、いたはずなんですが……いなくなってます。昨日と同じ白いシャツを着てました」

「…………」

これもまた演技であったらアカデミー賞ものだと思いながら望己は再び田辺の指さしたほうを見やった。

どこにも兄の姿はない。『色白で綺麗』という表現に相応《ふさわ》しい男の姿もない。今の季節、白シャツ一枚は薄着ゆえ相当目立つ。なのに見失うとはどういうことなのか。

近くに車を停《と》めている？　それとも、家が近い？　昨日の現場と今日の現場はかなり距離がある。田辺が嘘をついているのでなければ、家が近所という可能性は消える。

「幽霊……じゃないとは思うんですけど……」

田辺が自信なさそうな声を上げている。幽霊ではない。防犯カメラに映っていたのだから。心の中で呟く望己の脳裏にはそのとき、映像で見た、兄としか思えなかった男の白いシャツが過《よぎ》っていた。


その後行われた捜査会議での発表によると、今回の被害者もまた身元不明であり、いよいよマスコミに事件の詳細について明かすか否かということで会議は紛糾した。

「被害者の身元判明のためにも、広く情報を募ったほうがよくないですか？」

「しかし事件がセンセーショナルすぎる。模倣犯が出ない保証はない」

侃々諤々《かんかんがくがく》と議論は交わされたが結論は出ず、明朝に繰り越しとなった。捜査会議が終わったのは夜明け前となっていた。

解散後、望己は再び現場を訪れてから家に戻ることにした。真っ直ぐ帰宅し、一刻も早く寝たほうがいいと頭ではわかっていたが、行かずにはいられなかったのは、本当にこの場に兄がいたか否かを確かめたい気持ちが勝ったためだった。

田辺の見間違いかもしれない。あるいは嘘という可能性もある。本当にいたにせよいなかったにせよ、痕跡など辿れるはずがない。

そもそもあれは兄なのか。兄によく似た男なのか。それとも――まさか幽霊か。

幽霊だけはない。いや、しかし、幽霊も映像には映ることはあるのかもしれない。馬鹿げた思考だ、と望己はすぐに我に返り、頭を軽く振った。

寝不足のせいか。それとも未だ動揺が続いているのか。そういえば倫一はどうしただろう、と望己はポケットからスマートフォンを取り出した。

捜査会議がここまで長引くとは思っていなかったので、連絡もできていない。メールか何か入っていないかと、チェックしようとしたそのとき、望己の視界をサッと白い影が過った。

「？」

なんだ、と目を凝らし、夜明け前の薄闇の中、周囲を見渡す。

「……あ……」

現場となったラーメン店は今、ブルーシートに覆われ、正面に見張りの警察官が二名、立っている。そこからやや視線をずらした望己は、数軒先の店の前に佇《たたず》む男の姿に驚いたあまり、思わず声を漏らしていた。

あれは――兄だ。間違いなく。

白いシャツを着用した人物は、望己の目には兄にしか見えなかった。彼は望己が視線を向けたことに気づいたのか、そのままふっと路地を曲がっていく。

逃げたというよりは誘われたという気配を察し、追跡するのを一瞬望己は躊躇った。しかしあれが兄であるのなら、再会のチャンスを――千載一遇のチャンスを逃すことになる、と慌ててあとを追う。

罠《わな》をしかけられている気もしたが一体誰が自分にそんなものを仕掛けるのだと冷静に考えたとき、望己の迷いは消えた。

そもそも、兄の存在を知る人間は、警察組織内にすら一名しかいない。兄が行方不明になって十年経つことを思うと、兄の姿を見せることで自分をおびき寄せようとする人物が果たしているだろうかと、そこに望己は疑問を覚えたのだった。

うまくすると何か事件のヒントを得られるかもしれない。事件現場に必ず姿を現す男。田辺のように単なる野次馬である可能性は勿論高いが、スルーできるものでもない。

すべて自身に対する言い訳だと、白いシャツの消えた方向へと走りながら望己は、自分をそう戒めていた。

今の行動を正統化しているに過ぎない。普通に考えれば疑わしい人物の出現に対し、捜査本部に一報を入れるのが最優先となるはずなのに、明らかに自分はそれを無視している。わかってはいるが、望己の足は止まらなかった。罠であろうがなかろうが、あれが兄であるか否かを確かめたい。

その思いだけで路地を曲がり、周囲を見渡す。

「あっ」

思わず声を漏らしたのは、前方に白シャツを見出したからだった。少し離れたところからじっと望己を見つめる若い男。やはり兄としか思えない、と望己は思わず呼びかけていた。

「兄さん！　優希兄さん！」

若い男の身体がびくっと震えたのがわかる。やはり兄だ。間違いない。街灯の明かりでははっきりと顔は見えない。しかし自分が兄を間違えるわけがない、と、望己は確信すると同時に男に向かって駆け寄った。

立ち尽くしていた男の顔が、近づくにつれはっきり識別できるようになる。

「兄さん！」

まさに兄、優希であるのは間違いない。ただ若干の違和感が望己の中に芽生えたのは、見た目が若すぎることにあった。

目の前にいるのは、十年前、自分の前から姿を消した兄、そのものだった。しかし自分の上にも兄の上にも、等しく時間は流れているはずである。

十年前と今と比べると、明らかに自分の外見には変化がある。当然ながら兄も変化しているはずなのに、なぜ十年前とまるで同じ姿をしているのだろう。

やはり別人なのか。それとも兄の子供？　いや、さすがに年齢があわない。となるとやはり赤の他人、他人のそら似なのだろうか。

それにしては似すぎている。今や望己は男のすぐ目の前まで近づいていた。手を伸ばせば触れられる距離だ、と認識するより前に望己の手が男の腕に伸びる。

なぜ、自分がそのとき男に触れようとしたのか。あとになって望己は自身の心理を振り返ったのだが、どうやら意識するより前に、目の前の『兄』は実在しているのか、もしや幽霊ではないかという馬鹿げた疑いを持ったからではないかという結論に達した。

幽霊だろうがなんであろうがかまわない。兄であるのなら会いたい。話をしたい。

十年前、なぜ姿を消したのか。『捜さないでくれ』という書き置きは兄の意図によるものなのか。それとも不本意な心情で残したものだったのか。

せめてそれを知りたい。望己にとって兄はかけがえのない存在だった。しかし兄にとってはそうではなかったのか。それもまた知りたい。

知ったところで何が変わるわけでもない。もしも『そうではなかった』と言われたらショックを受けないはずはない。しかし『そうだった』と言われたら、それならなぜ、姿を消したのかと問わずにはいられなくなるだろう。

その理由がもし、納得できないものだったら。それ以前に、理由が嘘や誤魔化しと感じられるものだったら。

自分はきっと傷つく。それがわかっていてなぜ、自分は聞こうとしているのか。

「兄さん……だよね？」

「…………」

問いかけた自身の声が、酷く震えているのがわかる。

『違う』

『そうだ』

答えがどちらであっても、疑うだろうことはわかっているのになぜ聞いてしまうのか。舌打ちしたい気持ちになっていた望己だったが、返ってきた答えには舌打ちするより前に驚愕のあまり声を失ってしまったのだった。

「……望己…………ごめん」

「……っ」

兄だった。間違いなく。

兄でなければ自分の名前を呼ぶはずがない。目を見開く望己の前で、男が――兄の優希が泣きそうな顔になる。

「……でも……僕は……」

苦しげに歪《ゆが》められた顔。余程言いづらいことを言おうとしているのだろうかと、相手を思いやる心の余裕は最早《もはや》望己からは失われていた。

「兄さん！」

この十年というもの、ずっと行方を捜していた。手を尽くしても行方が知れなかったために、鬼籍に入っているのではという覚悟もしていたというのに、今、目の前に存在している。会いたかった。どうして姿を消したのか、なぜ連絡一つ寄越《よこ》さなかったのかと問い質《ただ》すより前に、ただただ、こうして再会できたことが嬉《うれ》しい。望己の胸は熱く滾《たぎ》り目には涙が込み上げてくる。

「会いたかった！」

手を伸ばし、兄の両腕を摑む。華奢な腕だ。まるで少年のように。近くから顔を見下ろし、やはり若すぎるような、と、望己はまじまじと兄の顔を見下ろした。

「…………」

兄は一瞬、怯《おび》えたような目をして望己を見返した。が、すぐに目を伏せてしまった。

なぜそんな顔をする。摑んだままの兄の両腕から、身体の震えが伝わってくる。

「兄さん、どうしたの？　どうしてそんな顔をするの？」

再会を喜んでいるのは自分だけなのか。兄にとっては望まぬ再会だったと？　なぜだ。なぜ喜んでくれない。一生会えないままでもよかったと、そう考えていたとでもいうのだろうか。

悲しみが望己の時間を一気に遡らせ、自分では気づかないうちに兄に対し、少年に戻ったかのような口調で声をかけていた。

「兄さん、兄さんだよね？　どうして顔を伏せるの？　どうして何も言ってくれないんだ？」

顔を覗き込み、目線を合わせようとしても更に俯かれてしまう。『望己』と呼びかけてくれたのだから、兄であることは間違いない。容姿が若すぎるのは多少気にはなるが、それでも望己は今、目の前にいるのは兄であるということに欠片《かけら》ほどの疑いも持っていなかった。

書き置き一つ残して姿を消した兄だが、自分が兄に疎まれているのではと感じたことは一度もなかった。自分にとって兄は唯一無二の存在であるが、兄にとっての自分もまた同じだと疑いもしなかった。

しかし違ったというのか。兄の表情からは再会の喜びはまるで見出せない。どうして。どうして喜んでくれないのか。兄の気持ちが知りたい。否、『会えて嬉しい』という言葉が聞きたい。

「兄さん」

またも呼びかけ、顔を覗き込もうとする。

「望己、僕は……」

ようやく兄が顔を上げ、口を開きかける。兄の瞳が酷く潤んでいることに望己は気づいたが、その涙が喜びというより悲しみに見えることにショックを受け、思わず兄の腕を掴む手に力が籠もってしまった。

「……っ」

痛みを覚えるほどの力となってしまったのか、兄の眉間に縦皺が寄る。

「あ、ごめん……っ」

反射的に謝ってしまったそのとき、望己の目の前から兄の姿が消えた。

「えっ」

何が起こっているのか。何も摑んでいない自身の手を開いて見やった望己の耳にバリトンの美声が響く。

「優希、大丈夫か?」

「……え……?」

兄の名を呼び捨てにしている。この声の主は、と声のした背後を振り返った望己は、自分の目に飛び込んできた光景に戸惑ったあまり、思わず声を漏らしていた。それが耳に届いたのか、声の主が顔を上げたかと思うときつい眼差《まなざ》しを浴びせてくる。

「野蛮だな。お前は」

「……なんだと?」

誹《そし》られているのはわかる。が、なぜ見ず知らずの男に、という疑問を覚えるより前に望己が不思議に感じたのは、その男の外見が浮世離れしているとしかいいようのないものであるためだった。

舞台衣装か、というような出《い》で立ちである。兄を庇《かば》うようにして立つ男の身長は百九十セ

ンチはありそうだった。髪は輝くようなブロンドで腰までの長さがある。顔立ちは欧米系の外国人――しかもとてつもなく整っている――のようだが、彼の口から出たのは流暢《りゅうちょう》な日本語だった。服装はよくわからないものの、足首まであるマントを身につけている。

一体何者なのだろうか。兄は今、男のマントの中に包み込まれているような状態だった。華奢な兄の身体が男との対比で更に小さく見える。

いつの間に兄の位置が変わっていたのか、望己にはまるでわからなかった。今の今まで自分が腕を掴んでいたはずなのに、という疑問もあったが、それより怪しすぎる外見のこの男は誰なのだ、と望己は目の前の男を厳しく睨《ね》め付け問いを発した。

「お前は誰だ」

男は望己の厳しい視線や語調に臆することなく、それどころかさも呆れた様子となり、首を横に振ってみせた。

「礼儀知らずにもほどがある。人に名を聞くときはまず名乗れと教わらなかったか？」

「白石望己。そこにいる白石優希の弟だ。お前の名は？」

名乗れというのなら名乗るまで。きっぱりと己の名を告げた望己に対し、男がにっこりと笑いかけてくる。

「お噂はかねがね。私はルーク」

「噂？」

噂の発信元は兄だというのか、と望己はルークの腕の中にいる兄に視線を向ける。と、兄は悲しげに目を伏せてしまい、やはり自分との再会は兄の望むものではなかったのかと望己は落胆のあまり項垂《うなだ》れた。

「名乗ったというのに無視とは」

そんな彼の耳に、さも馬鹿にした様子の、ルークと名乗った男の声が響く。

「…………」

挑発されているのはわかった。だが彼に反発するだけの気力は今や望己には残っていなかった。

「弟が落ち込んでいるようだぞ。何か言ってやるといい」

と、ルークが腕の中の優希の顔を覗き込むようにし、優しい声音でそんな言葉を告げる。果たして兄は何を言うのか。望己もまた見つめる中、兄の顔が上がり、視線がようやく望己に向けられる。

「……望己、ごめん……」

またも謝罪だ。謝るばかりで事情を説明することも、感情を説明することもしてくれない。どうして、と望己は尚も兄を見つめる。と、兄の顔が望己の視界から消えた。ルークがマントで遮ったのである。

「優希が喋《しゃべ》れぬようなので私がかわりに話そう。しかしここでは落ち着かない。我々と共に来るがいい」

呆然《ぼうぜん》としたままでいた望己に、ルークがそう告げ、ニッと笑いかけてくる。

「どこへ」

気持ちの立て直しはできていないものの、話してくれるのなら、と望己は気力を奮い立たせるとルークへと視線を向けた。

「私の家へ」

言いながらルークがさっと両手を広げる。次の瞬間、望己は不意に目眩《めまい》に襲われ、その場に蹲《うずくま》ってしまった。

一体どうしたことか、とすぐさま顔を上げ立ち上がろうとする。

「な……っ」

今の今まで路上にいたはずなのに、望己が今立っているのは、毛足の長いカーペットの上で、何がどうなっているのかと戸惑うあまり彼の口から声が漏れる。

豪奢としか表現し得ない部屋の中、目の前には先程のルークと、そして彼の腕の中には兄がいる。

夢でも見ているとしか思えないと、望己は悠然と微笑むルークと、そして相変わらず目を伏せたままの兄の姿を前に、ただただ固まってしまっていたのだった。

4

「座ったらどうだ？　まあ、立ったままでいたいというのならそのままでいてくれてもかまわないが」

呆然と立ち尽くしていた望己だったが、ルークに声をかけられ、ようやく我に返ることができた。

「な……何が起こった？」

夢でも見ているのか。一瞬にして場所を移動するなど、現実とは到底思えない。どういう技を使ったのか。自分の意識を奪って連れ去った？　どうやって？　そもそも自分は意識を失ったりしていない。

「なんだ、兄のことより移動手段のほうが気になるのか」

ルークがわざとらしく驚いてみせる。話題逸らしのための挑発とわかってはいたが、確かに兄のこと以上に知りたいことはないと、望己は彼の挑発に乗ることにした。

「兄から話を聞きたい。二人だけで話をさせてもらえないか」

「私としてはかまわないが、優希に直接語らせるのは彼にとっては酷に思える」

言いながらルークがちらと優希を見やる。彼の視線を追って望己も兄を見やったが、青ざめた顔を伏せているその様子は痛々しいとしか思えず、仕方がない、と視線をルークへと戻し口を開いた。

「ではあなたから説明してもらえますか」

ルークの年齢も素性もわからない。だが物言いが偉そうであるので、こちらもまた上から聞けば反発されかねないと咄嗟に望己は判断し、丁寧な口調でそう問いかけた。

「いいだろう。少し長くなるので座るといい。優希、何か飲み物を――望己、何が飲みたい？」

「結構です」

呼び捨て――しかもファーストネームをと驚きはしたが、外国人とはそういうものなのかと流した上で不要だと断る。

「遠慮はしなくていい。会話を滑らかにするにはアルコールが役立つのだろう？　人間は」

「？」

『人間は』という言葉に望己は違和感を覚えた。が、これもまた日本語表現がおかしいだけかとそのまま流す。

「優希、ワインを」

しかし兄が使用人扱いされていることは不快で、思わず望己はルークを睨んでしまった。

「やはりワインを飲んだほうがいい。気持ちもおおらかになるだろうから」

その上、ルークにあからさまに揶揄され、ますます憤りは増したが、それが狙いかもしれないと気力で冷静さを保とうとする。

「座ってくれ」

ダイニングのテーブルにつくよう促され、椅子に座る。それにしてもなんとも生活感のない部屋だと望己は大理石のダイニングテーブルを見やった。このテーブルで食事をしているのだろうか。使ったことなどなさそうに見える。そう見えるよう、磨き上げているのかもしれないが。磨いているのは兄か。なぜこのルークという男の命令に従っているのだろう。

そんなことを考えているうちに、優希がワインを手に戻ってきて、ルークにボトルを見せる。

「いいのではないか？　私には味などわからないが」

苦笑しつつルークが頷くと優希は一礼し、ボトルを手にまた部屋を出たかと思うと、すぐにグラスを二客載せた盆を手に戻ってきた。

「お前も飲むといい」

ルークにそう言われ、優希は何かを言い返しかけたがすぐ、

「わかりました」

と頷き、再び部屋を出る。キッチンだろうか。キッチンとダイニングが重々しいドアで仕切られているというのは不思議な間取りだ。

本来考えるべきことは他にいくらでもあるだろうに、気持ちが追いつかないためか、どうでもいいことを観察してしまう。

と、ワインボトルとグラスを一つ手に優希が再び戻ってきて、まずはグラスを望己の、そしてルークの前に置いた。続いて望己のグラスからワインを注《つ》ぎ始める。

その間、兄が望己を見ることはなかった。ワインをサーブするのに集中しているようにも見えるが、単に自分と目を合わせたくないからではないかとも思え、望己は兄となんとか視線を交わしたいと見つめ続けてしまっていた。

「さて、乾杯しよう」

優希が二人にワインを注ぎ終え、自分のグラスをも満たしてからルークの隣に座ると、ルークはグラスを手に取り、そう言いながら望己に向かって笑顔で差し出してきた。

「…………」

一体何に、と悪態をつきそうになったが、望己が堪《こら》えることにしたのは、一刻も早く事情を説明してもらいたいと願ったためだった。

少しも乾杯したい気分ではなかったが、仕方なくグラスを掲げてみせる。

「さて。何から話すか」

ワインを一口飲むとルークはすぐにグラスをテーブルに下ろしてしまった。少し考える素振りをしたあと話し出す。

「まずはお願いからにしよう。今、遺体の血を抜くという殺人事件が起こっていると聞いた。既に四人の被害者が出ていると」

「な……っ」

なぜそれを、と望己は絶句したあとに、もしや、と身を乗り出しルークに問いを発した。

「お前が関係しているのか⁉」

「馬鹿馬鹿しい。遺体を裸に剝いて放置するなど、そんな下品な趣味はない」

「……っ」

いかにも不快そうに吐き捨てたルークの言葉にまた望己は息を呑む。なぜ、遺体の状態を知っているのだ。詳しいことは一切、マスコミに流していない。

やはり何かしらの関わりを持っているということかと、自然と望己の目が厳しくなったのを受け、ルークがやれやれというように肩を竦める。

「疑われたくないからこうして家に招いたが、逆効果のようだな。どうしたらいいと思う？」

ルークが問いかけた相手は優希だった。望己の視線も兄へと移る。

「……そうですね……」

優希にはなんの策もなかったようで考え込む。考えるとき、顎に手を当てる仕草は間違いなく兄の癖ではあるのだが、やはり違和感がある、と、気づけば望己はまじまじと兄の姿を見つめてしまっていた。

外見が若すぎるのだ。兄は望己の四歳上なので三十歳を越しているはずなのに、どう見ても二十歳そこそこである。下手《へた》をしたら十代にも見えるが、なぜ兄は自分の前から姿を消したときのままの外見を保っているのだろう。

もともと若く見えはしていた。だが、十年間、まったく容姿が変わらないなどあり得るのだろうか。

彼は本当に兄なのか。兄によく似た誰かでは？　しかし会話をした感じも兄そのものだった。

「あの」

事件のことは勿論気になる。しかし今、自分が一番知りたいのは兄のことだ。この十年、一体何をしていたのか。なぜ今、姿を現したのか。そもそも本物の兄なのか。それを確かめたい、と望己は優希に向かい問いを発しようとした。が、気づいたらしいルークがその問いを会話で遮る。

「とにかく、我々は無関係だ。しかし遺体から血を抜き取るなど、あたかも我々の仲間のように振る舞っているのが気になるのだ。それで警察の捜査の内容を共有してもらうためにこうして呼び出したというわけだ」

「……我々……というのはあなたと兄ということか？　『仲間』というのは？」

『我々の仲間』が何を指すのかがわからない。ルークは確実に外国人だろう。一方兄は日本人である。『仲間』が人種ではないとなると、他に何があるだろう。仕事、趣味、勤務先――色々な括《くく》りはあるだろうが、どの括りであれば『遺体の血を抜く』行為をするというのか。

宗教的なものか？　なんにせよ犯罪行為である。カルト教団のようなものなのだろうか。遺体を供え、血を飲んだり浴びたりする。兄がそんなおぞましい団体に属しているなど、信じたくはない。

果たしてルークの答えは、と、気づかぬうちに望己は厳しい目で彼を睨んでいたらしい。

「怖い顔だな」

ルークに笑われてそのことに気づきはしたが、当然だろうと睨み付ける。もしも犯罪行為に関係しているとしたら、見過ごすわけにはいかない。相手がいくら兄であろうと、と、望己は視線を兄にも向けたが、ちょうど自分を見ていた彼と目が合う形となり、つい身じろいでしまった。

兄はすぐ、目を伏せた。が、直前まで自分を見ていたその瞳には慈愛の念が溢《あふ》れていたように思う。

兄は正義の心を持つ人だった。それは間違いない。外見の変化がないように、内面だって変わっているはずがない。

根拠のない、いわば盲信だという自覚はあったが、兄の昔と変わらぬ愛情に満ちた瞳を見ては、望己はそう信じないではいられなくなった。

「『我々の仲間』について説明をしてもらいたい」

そのためにはまず、話を聞こう。冷静さを取り戻した望己は改めてルークに問いかけたのだが、返ってきた答えにはまた、憤りを覚えることとなった。

「吸血鬼だ」

「は？」

この期に及んで冗談を言うとは。頭に血が上りそうになっていた望己を前に、ルークがやれやれという顔になる。

「知らないはずはない。小説や映画にもなっている。吸血鬼だ。ヴァンパイア。人の血を糧に生きている。聞いたことがあるだろう？」

「ふざけているのか？」

「いや」

もしや怒りを誘ってのことなのか。しかしなんのために？　一体何が目的なのかと望己は首を傾げた。

「やはり信じてもらえないようだ。どうしたものか。なあ、優希」

ルークが溜め息交じりに優希を振り返ってから、明るい声を出す。

「そうだ、お前の兄が証明になる。外見を見て気づいただろう？　まるで年齢を重ねていないように見えると。それが証明では足りないか？」

「…………っ」

ふざけるな、と再び憤りかけた望己だったが、視線を向けた先、兄が絶望的としかいいようのない表情を浮かべているのを見ては、怒りもすぐに吹き飛んだ。

「……兄さん……？」

確かに兄、優希の見た目の若さには違和感があった。しかしその理由が『吸血鬼だから』というのは馬鹿げている。理性ではそう判断できるのに、苦悩に満ちた兄の顔を見ると否定できなくなってくる。

「それでは優希が仲間に加わったところから説明するとしよう」

またも顔を伏せてしまった優希を見つめていた望己の耳に、朗らかといっていいほどに明るいルークの声が響く。

バリトンの美声であるのに、喋る内容が内容なだけにどうにも信憑性《しんぴょうせい》に欠ける。気づかぬうちに望己の眉間には縦皺が寄ってしまっていたようで、

「睨まないでくれ」

とルークに苦笑され、反射的に指先で眉間を押さえた。

「十年……正確には十一年前だな。優希は白血病で死にかけていた。それで仲間にしたのだ。命を長らえさせるために」

「白血病⁉」

初耳だ。とても信じられない、と望己は声を上げたが、青ざめる優希の顔はそれが真実だと物語っていた。

「既に手の施しようがなく、余命三ヶ月と言われていた。それで声をかけたのだ。吸血鬼になれば死なずにすむ。正しくは『死ねなくなる』だが」

言いながらルークがちらと優希を見る。

「……それは……」

優希は顔を上げ、何かを言いかけたが、ルークが「隠す必要はないだろう」と微笑み、首を横に振った。

「……なんだ？」

兄は何を言わせまいとしたのか。望己が見つめる先で、優希が青ざめた顔をまた伏せる。

「優希は一年間だけ、生きさせてほしいと頼んできたのだ。お前が大学に入学するまでは傍にいたいと。その一年の間にお前が一人で生きていくことができるようにすべて環境を整えるとのことだった」

「……そんな……」

自分のために。望己は頭を殴られたような衝撃を受けていた。

確かに兄が姿を消した、その一年ほど前に、酷く体調が悪そうにしていると感じたことがあったと思い出す。

病院に行ったほうがいいと勧めたが『大丈夫だから』となかなか行こうとしなかった。そのうちに顔色もよくなったので安堵していたのだが、そのときに兄はこのルークと出会ったのだろうか。

そして——吸血鬼になった、と？

やはり信じられない。この現代で、この日本で、吸血鬼が存在するなど、あり得ないとしか思えない。

しかし実際、兄の外見は十年前とまるで同じなわけで、と、望己は兄を見つめた。顔を上げてほしい。よく見れば年齢を重ねていると、確認させてもらいたいと見つめ続けていた望己に、ルークが声をかけてくる。

「自分の常識が通じない世界もあるということだ。優希は私が血を与えて仲間にしたからこうしてまだ生きている。生き続けることができる。年を取ることなく。まあ、色々制約はあるのだが」

「制約？」

益々《ますます》胡散臭いことになってきた、と望己は身構える。

「ああ。たとえば肉や野菜といった食物を摂取する必要はないが、生きるためには人間のエネルギーが必要となるといったことだ」

「血か」

吸血鬼といえば牙を剝き、美女の首筋から血を吸うというイメージがある。それを言っているのかと問いかけたと同時に、事件との共通点ではないかと気づく。

「血を得るために殺人の罪を犯したなどと言い出すつもりじゃないだろうな？」

「ほら、優希。私の言ったとおりだろう？　たいていの人間の思考は短絡的だから、犯人扱いされることになりかねないと」

望己の糾弾をルークは無視し、やっていられないというような口調でそう言うと優希に向かって肩を竦めてみせる。

「しかも君の弟は、吸血鬼の存在を信じていないのにだ。やはり杞憂《きゆう》ではなかった。早めに手を打つことにしてよかっただろう？」

「犯人ではないという主張か？　なぜ俺に言わない」

憤りを覚え、望己はルークを怒鳴った。兄に対する彼の態度が親しげであるほどに苛立《いらだ》ちが募る。

「なんだ、嫉妬か」

その上、口にしたわけではないのに心理を正確に読み取られた上で揶揄され、ますます頭に血が上る。

「落ち着け。私も優希も人殺しなどしていない。そもそも流血させて血を飲む必要などない。

身体に触れればエナジーなどいくらでも得られるのだから」

「はあ？」

何を言っているのだ、と望己は涼しい顔で淡々と述べるルークを前に、憤りから声を上げた。と、ルークがテーブルを回り近づいてきたかと思うと、すっと手を伸ばし人差し指の先で望己の額に触れる。

「ルーク様……っ」

それを見ていた優希が、悲鳴のような声を上げた。

「え？」

「案ずるな。自身の身体でわからせるだけだ」

そんな優希を振り返り、ルークが笑顔で告げる。そのときには彼の指先は望己の額から離れていた。

「どういう……っ」

意味だ、と望己は立ち上がり、ルークを怒鳴りつけようとしたが、不意に目眩を覚えテーブルに突っ伏してしまった。

「望己！」

優希が叫び、彼もまたテーブルを回って望己に駆け寄る。

「大丈夫か」

「私がお前を悲しませるようなことをすると思うか？　ほんの少しエナジーを奪っただけだ。数分も経てば体調も戻る。見たところお前の弟は随分と頑丈なようだからな」

望己の傍に立ち、顔を覗き込もうとしてくる優希の横で、ルークが呆れた声でそう告げたあとに、和らげた口調で優希に声をかける。

「それより来い。食事がまだだろう」

「ルーク様……っ」

優希がはっとした様子となったのがわかり、兄が危機に陥っているのではと案じた望己はなんとか顔を上げた。

「おいっ」

望己の目に飛び込んできたのは、信じがたい光景だった。ルークが兄の身体を抱き寄せ、唇をふさいでいる。

思わず声を漏らしてしまったのが聞こえたのだろう。優希がルークの腕の中で抗《あらが》う仕草をする。と、ルークは優希の背から腕を解くと、望己へと視線を向け、感心したように目を見開いた。

「ほう。もう顔色が戻っている。お前の弟は実に健常な身体の持ち主だな」

「おい、今、お前は何をした？」

解明せねばならない事象はいくつもあった。今まで貧血状態になどなったことがないのに

なぜ彼に触れられた途端に目の前が暗くなったのかというのがその最たるものではあったのだが、それ以上に望己が気にしていたのは、今目の前で行われていたルークの兄に対する行為だった。

抱き締め、キスをしているように見えた。兄の抵抗を封じて。一体どういうつもりなのか。そもそも二人の関係は？　動揺と混乱とで、まるで思考がまとまらない。

ともかく兄が危機的状況に陥っているのだとしたら救わねば、と望己は厳しい目でルークを睨んだ。が、ルークは、望己の睨みなど少しも応えた様子がなく、不可解といったように眉を顰める。

「説明したはずだが理解できないか？　お前のエナジーを奪った。我々はこうして食事をするということを証明するために」

「そうじゃなくて！　今、お前は兄に何をしたと言ってるんだ！」

「え？　ああ、食事を与えていた」

「食事だと？」

キスだろうが、と言い返そうとした望己の耳に、細い声が響く。

「……望己、本当のことなんだ。僕はもう、人間じゃない」

「兄さん！」

今まで自分と目を合わせることすら避けてきた兄が、よりにもよって言ったのがそんなこととは、と、望己はやりきれなさから思わず叫んでいた。

「兄さんまでそんな馬鹿げたことを……っ」

「馬鹿げてはいない。最もわかりやすい証明もあるにはある」

横からルークが口を出してきたのに、お前とは話していない、と望己は彼を睨んだ。

「黙っていてもらえないか。今は兄と話している」

「お前の兄は私の大切な人でもある」

「ふざけるな！」

「ふざけてなどいない。証明の話をするか？」

言葉とは違い、いかにも揶揄している様子のルークの話など聞く気にはなれない、と望己は無視して再び兄に話しかけようとしたのだが、ルークが喋り始めた内容を聞いてはまたも彼を怒鳴りつけずにはいられなくなった。

「一番確かな証明は、優希を日中、外に出すこと。巷《ちまた》に溢れる吸血鬼伝説は、それはでたらめなものばかりだが、唯一、太陽を浴びると塵《ちり》と化すというのだけは正しいのだ。そこまで疑うのなら、夜が明けたら優希と一緒に部屋の外に出てみたらどうだ？　しかしお前は永遠に優希を失うことになるが」

「嘘を言うな！　馬鹿馬鹿しい」

「嘘ではない。『嘘』というのは吸血鬼は十字架に弱いとか、胸に杭《くい》を打たれたら死ぬとか、ああ、あとはにんにくが苦手だとか。そうしたものだ。しかしなぜにんにくなのだか。あの匂いか。あとは銀の弾丸……そういったものはすべて嘘で、太陽だけが真実だ」

「もういい。馬鹿げた話はそれまでにして、用件を話せ。本来の目的はなんなんだ？」

「……だから今起こっている殺人事件と我々は無関係であることを説明したかったんだが」

やれやれ、とルークが溜め息をつき、優希を見る。

「お前の弟は人の話を聞かないな」

「混乱しているのだと思います。十年ぶりに姿を見せたから……」

「感動の再会だったから？　にしても少しも聞くスタンスになってない。刑事がこんなでは日本の警察が心配だ」

「……っ」

刑事であることまで知られている。兄から聞いたのか。兄にしてもなぜ知っているのか。姿を消したあとも動向を気にしてくれていたのか。

そもそもなぜ、姿を消した。病気？　白血病というのは本当なのか。それも嘘か。

嘘をつく理由は？　どうしても自分の前から消えたかった？　この男と暮らすために？

ならなぜ、今姿を現した？　事件が起こったから？　その事件にこの男が関与しているので、情報を探りにきた？

だからこそ、現場近くに現れた――それが一番あり得そうである。

しかし、それならなぜ自分は吸血鬼などという馬鹿げた嘘をつくのか。荒唐無稽すぎる。

このルークという男に常識がないのか。兄は彼の言いなりになっているだけではないか。

「まったく。頭が相当固いようだ。今日はもう帰ってもらったほうがいいな」

と、ルークがそう言ったかと思うと、望己へと手をかざした。

「何を……っ」

「頭を冷やしてよく考えることだ。明日また召還するから」

ルークがそう告げながら、さっと手を振り下ろす。

「な……っ」

その瞬間、望己の目の前から彼が消えた。

「………」

目の前の景色が一変していることに望己はただただ、呆然とし立ち尽くす。

今、彼がいる場所は間違いなく、事件現場の国立駅北口のラーメン店に近い路地だった。

ちょうど優希を追いかけ、彼に声をかけた場所である。

「夢……?」

反射的に手を上げ、時計を見る。時間は確かに経過している。一体何が自分の身に起こっているのだと、望己は周囲を見回した。

「望己」

不意に名を呼ばれ、勢いよくそのほうを振り返る。

「……あ……」

「おい、どうした。幽霊でも見たような顔をして」

声をかけてきたのは倫一だった。夜目に目立たないようにという配慮か、黒のジャケットに黒のジーンズという出で立ちをしてはいるものの、スタイルのよさで充分人目は引く、と、そんなどうでもいいことを考えてしまうほどに、望己は動揺していた。

「幽霊じゃない……吸血鬼だ」

「吸血鬼だと？」

戸惑った声を上げる倫一を前に望己は、

「やっぱりおかしいよな」

と首を傾げる。やはりあれは夢だったのだろうか。あんなリアルな夢を見ることなどあるとは到底思えないのだが、と尚も首を傾げる望己の脳裏に、十年ぶりに会った兄の顔が浮かぶ。

『ごめん……』

終始、顔を伏せていた兄。口を開けば謝罪の言葉だけを繰り返していた。十年前とまるで変わらない外見の兄と出会ったことは決して夢ではないはずだ。

「疲れてるのか？　今日の調査報告をしがてらメシでもと誘うつもりだったが、帰って寝たらどうだ?」

倫一が心配そうに望己の顔を覗き込む。

「そんなに顔色悪いか?」

その様子だと、と、問いかける望己に倫一が「ああ」と頷く。

「吸血鬼とか、わけわからないこと言い出すし。疲れてるんだろ?」

尚も心配そうな表情となる倫一に望己は、理性的な判断を求めるべく口を開いた。

「疲れてる……というより、頭がおかしくなったのかも」

話を聞いてもらいたい、と望己が告げると倫一は、

「お、おう」

と頷きはしたものの、労《いたわ》るような眼差しを向けてくる。

きっと話を聞けばますます彼は心配するに違いない。確信しながらも望己は、倫一ならば何かしらの答えを与えてくれると信じ、彼にすべてを打ち明ける決意を固めたのだった。

5

「……夢でも見たか？」

連れていかれた倫一《りいち》の家で望己《のぞみ》から話を聞いた彼が開口一番告げた言葉がそれだった。

「そう思うよな、普通」

「それしか思えない……が、お前は夢と思ってないんだろう？」

「夢にしては奇天烈《きてれつ》だった。それに、さすがに夢かどうかくらいの判断はつく」

「現実だと思ってるんだな？　優希《ゆうき》さんと本当に会ったと、お前は思ってるんだな？」

「思ってる。あれは兄さんだった」

「十年前と同じ容姿の？　変な外国人と一緒にいた？」

「ああ。吸血鬼を名乗る、ルークという名前の」

「吸血鬼はないよな？」

倫一が心配そうな顔になるのを目の前に、望己は、

「ああ」

と頷《うなず》きながらも、『あった』としかいいようがない、と首を傾《かし》げた。

「……吸血鬼、なあ」

まあ、飲むか、とビールを出してくれながら、倫一もまた首を傾げる。

「吸血鬼といっても、俗に言う『吸血鬼』とは違うと言っていた。十字架やにんにくも苦手じゃない。血も吸わないし、触れるだけでエナジーを吸い取れ、それが『食事』になると」

「それは『吸血鬼』なのか？」

「兄さんはもう、自分は人間じゃないと言っていた」

「白血病……だったのか？　優希さんは」

「わからない。体調は悪そうだった。でも……」

望己は十年前の兄の様子を思い起こした。体調が悪そうだったのは間違いないが、白血病であったかはわからない。

だから『嘘《うそ》』とは思わない。兄であれば自分には隠し通すだろう。心配をかけまいとするのが兄だ。

「弟のお前が優希さんだと認めたんだ。本人だろうな。十年分の年を取っていなくても」

「ああ。夢でないかぎりは」

「空間移動か。前後は薬で意識を奪えばできないこともないのか……」

考え考え、倫一はそう告げたあとに、気を取り直した様子となり望己に問いかけてくる。

「もし夢でなければ、どこに連れていかれたか、推察できないか？」

「……そうだな……」

ルークの家はどんな場所だったか。戸建てか。マンションか。部屋の中しか見ていないので、どちらと判断はつかない。窓にはカーテンがかかっていた。外の景色もわからない。

とはいえ、意識を奪われた自覚はない。行きも帰りも一瞬だったように感じた。時間の経過を考えても薬はないように思う。

だとしたら他に可能性がありそうなのは？　催眠術とか？　しかしそれもドラマや小説のような、と望己は首を捻《ひね》った。

「部屋の中しか見ていない。覚えているのは……ダイニングとキッチンが隣接しているようではなかったこと……くらいか……」

「へえ。珍しいな。となるとマンションではないのか。いや、特定はできないか」

倫一がぶつぶつ言い始める。

「時間的にはあまり離れた場所ではない感じか？」

「ああ。腕時計を見た感じでは」

「まあ、意識を奪ったときに時計の時間をずらしたかもしれないしなあ」

うーん、と倫一が唸《うな》る。やはり彼にとっても『吸血鬼』は信じがたい存在であるということか、と実感していた望己に、その倫一が問いかけてくる。

「お前自身はどうなんだ？　信じるのか？　吸血鬼の存在を」

「信じられないよ。しかし薬だの催眠術だので意識を奪われたというのには違和感を覚える。本当に一瞬のうちに移動した。それは体感的に間違いない——と思う」

「夢ということでもない？」

「夢にしてはリアリティがありすぎる……」

「相手がお前じゃなければ、ラリってたんじゃないかと疑うところだよ」

倫一が肩を竦《すく》め、そう告げたあとに、

「ちょっと気分を変えるか」

と敢《あ》えてなのだろう、話題を変えた。

「俺のほうで聞き込んだ結果を知らせるよ。被害者についてだが、身元がわかった」

「マジか？」

捜査会議ではまだ不明ということになっていたはずである。どうやって突き止めたのか、と望己はつい、身を乗り出してしまった。

「店のオーナーに被害者の面通しをさせただろう？　警察に聞かれたときには知らない男だと答えたそうだが、動揺が収まったあと、ふと思い出したっていうんだよ。どこかで見たことがあったなと」

「誰だったんだ？　オーナーの知り合いか？」

となると最初の事件とのかかわりが気になってくる。模倣犯という可能性もあるのか。いや、違う。あとに発見された遺体のほうが先に殺害されていたと言っていた。となると、と考えていた望己に向かい倫一が首を横に振る。

「違うんだ。オーナーの直接の知り合いではない。あのオーナー、実はゲイで、ゲイの出会い系のSNSで見かけたことがあったそうだ。因《ちな》みにコンタクトを取ったことはないと言っていた」

「出会い系か。明日には捜査本部でも身元が割れるかな」

オーナーにも再び話を聞きにいくだろうし、オーナー自身が警察に言ってくるかもしれない。そう考えているのがわかったのか、倫一が、

「それがなあ」

と苦笑しつつ話し出す。

「オーナーは、自分がゲイであることをひた隠しにしているんだよ。なのでできれば望己が見つけたことにしてほしい」

サイトを教えるよ、と倫一がスマートフォンをポケットから取り出し、操作し始めた。

「これだ。本人だと思うだろう?」

画面を呼び出し、示される。それを見やった望己の口から思わず高い声が漏れた。

「間違いない！」

「そうか。オーナーはあまり自信がなさそうだった。実際会ったことはないと何度も繰り返

していたよ。まあ、関係があったとしたら自分から明かしはしなかっただろうから」

「まあ、そうだろうな」

相槌《あいづち》を打ちながら望己は、それでもオーナーとの繋《つな》がりは調べることにしようと心の中で呟《つぶや》いていた。

「ここから本名に辿《たど》り着くのにはまた一苦労しそうだな」

「そこはもう調べた」

「えっ」

またも声を上げてしまった、と望己はすぐに我に返ると、

「で？」

と身を乗り出した。

「山本孝美《やまもとたかみ》、二十一歳。一年ほど前に勤務先だったセレクトショップを辞めて今はフリーターだそうだ。評判としてはあまりよくない。主に金銭面で問題を起こすことが多い」

「この短時間によく調べたな」

心の底から感心していた望己に、倫一がなんでもないことだ、と首を横に振る。

「すべてネット上で知り得たことだ。ネットには嘘も多いからな。裏付けは任せるよ」

「ああ。勿論《もちろん》」

頷いたあとに望己は、被害者、山本の評判について詳しく説明を求めた。

「出会い系サイトでの彼の評判もそういいものではない。金銭を要求されるので要注意という記載をいくつか見かけた」

「売春をしていたというのか」

「ああ。行為のあとに金を要求され、断ったら会社にバラすと脅されたと。清純そうな見た目に騙《だま》されたと書かれてあった」

「出会い系か……」

他の被害者も出会い系のSNSから犯人に選ばれたのではないか、と望己は考えたが、唯一特定できたそのサイトがゲイの男性向けのものであるとなると、そこから捜査を発展させるのは難しいか、という結論にすぐに達した。

「山本と他の被害者との間に何か関連があれば、捜査も進展するんだろうが」

「そうだな。明日から山本の人間関係を徹底的に洗うことになると思う。ただ……」

それでもし、まったく関連性が出てこないとなると、無差別殺人である可能性が上がる。となれば次の被害者を特定することは困難だ。

溜め息を漏らしそうになっていた望己は、案ずるよりもまず行動、と立ち上がった。

「助かった。兄さんのことは今は考えないことにする」

「事件に専念するか？　なら優希さんのことは俺が引き続き探るよ」

「ありがとう。感謝する」

もしも兄が望己の納得できる形で姿を現したのだとしたら、『考えないことにする』などできようはずもなかった。しかし吸血鬼だというのは、現実としては受け入れがたい。夢だったとしたほうが自分的にも納得がいく、とそう折り合いをつけたものの、やはり望己の胸には兄の悲しげな顔が蘇《よみがえ》っていた。

翌日の捜査会議は被害者が四名と倍増したことにより、大がかりなものとなった。捜査責任者には新たに本庁の小柳《こやなぎ》管理官が任ぜられたとのことで、大会議室での会議は彼の叱咤《しった》激励から開始された。

「立て続けに四名の犠牲者を出しているというのに、手がかり一つ摑《つか》めていないとは何事だ。猟奇的な殺人事件はマスコミの格好の餌食となる。まずは被害者の身元の確認。それに現場周辺の徹底的な聞き込みで遺体搬入時の状況把握だ。一日も早く犯人を逮捕するんだ。これ以上の犠牲者が出ることは許されない。いいな？」

管理官の小柳龍聖《りゅうせい》は、将来警視総監になるという下馬評の高い人物だった。長身で俳優のように整った容貌をしている。キャリアである上、柔道四段、射撃大会では何度も優勝しているという傑物で、彼の信奉者は警察内にも多い。

会議の席で望己が被害者が『山本孝美』と思われると報告すると、場は騒然となった。

「裏付けはまだです」

「なぜ情報を共有しない！」

国立《くにたち》署の刑事課長が怒声を張り上げる。

「またスタンドプレーかよ」

「やってられないな」

ぼそぼそと周囲で刑事たちが囁《ささや》き合う中、望己が、見つけたのが夜中だったので、と言うより前に口を開いたのは小柳管理官だった。

「情報共有は今、しているのでは?」

「はっ」

途端に刑事課長が口を閉ざし、頭を下げたあとに恨みがましい目を望己に向けてくる。

「すぐ裏付けを取るように。被害者の身元が一人わかっただけでも相当な進展だ」

被害者の男性が山本と確認が取れたら彼の周辺を徹底的に捜査し、他の被害者の身元特定に繋げることと、現場からかなり範囲を広げた路上の防犯カメラの映像から、それぞれの事件発生時に現場周辺を走行している車を特定するなど、小柳の指揮の下、今後の捜査方針が次々決定されていくのを望己は頼もしいと思いつつ聞いていた。

会議は短時間で解散となり、捜査員たちにそれぞれの割り振りが決められる。

「白石《しらいし》君、ちょっといいか?」

望己が刑事課長からの指示を待っていると、小柳が声をかけてきた。その場にいた刑事たちが、目を見交わす中、望己は「はい」と返事をすると、小柳のあとに続いて会議室を出た。

小柳は喫煙者で、彼が向かったのは喫煙スペースだった。小柳が入っていくと、中にいた二名の刑事がぎょっとした顔になり、「失礼します」とそそくさと出ていく。

「望己君、さすがだね」

スペース内で二人だけになると、小柳は途端に望己の前で相好を崩した。

「お父さん譲り……なんていうと、君を褒めていることにならないと拗《す》ねられるかな？」

「拗ねはしません。管理官」

「二人のときは『管理官』と呼ばなくてもいいし、敬語もいらないよ。何せ古い付き合いだ。以前のように生意気な口を存分に叩《たた》くがいい」

「できるはずがないでしょう」

小柳が親しげであるのは、かつて望己の父の下にいたことがあったからだった。小柳が新人として捜査一課に配属された際、父によく面倒を見てもらったとのことである。

父が殉職した現場にも小柳はいたということで、優希と望己、子供二人になった白石家を気にかけてくれていた。

刑事になりたいという望己にも様々なアドバイスを与えてくれただけでなく、実際刑事となったときには祝いの席まで設けてくれた。兄、優希が失踪したときにも小柳は親身になって行方《ゆくえ》を捜してくれた上、望己が成人するまでの間、諸々《もろもろ》のフォローをしてくれたのだった。

「子供の頃のように『小柳さん』でいいんだけどね」

苦笑しつつ小柳はそう言ったあとに、望己が何を言うより前に、

「それにしても」

と話題を事件に戻した。

「よく被害者のSNSを見つけたね。たまたま……ではないよね？」

「ええ、まあ……」

言い淀《よど》んだのは、これほど世話になっている小柳に対しても望己は、友人である倫一について、詳細を語っていないためだった。

「どうやって見つけたの？」

「……ラーメン店のオーナーから聞きました。オーナーがかつて出会い系サイトで見かけたことがあると。直接の面識はないとのことです」

「彼の言い分を望己君は信じたんだね」

相変わらず笑顔ではあったが、小柳の追及は厳しかった。

「はい」

「情報提供者について発表しなかったのは？」

「オーナーはゲイであることをひた隠しにしているとのことだったので」

質問がいくつか続いたが、やがて小柳は追及を打ち切ると、

「まあ、被害者の近辺を調べればオーナーと関わりがあったかどうかはわかることだしね」

と肩を竦めた。

「山本という被害者の身辺調査から君は外れておいたほうがいいね。もしラーメン店のオーナーと被害者との関係が立証された場合、君の立場は微妙になるだろうから」

そして淡々とした口調でそう言うと、望己の肩をポンと叩いた。

「君のような優秀な刑事は敵を作りやすいから。国立署内では上手《うま》くやるといい。そのうちに本庁に引っ張るよ。贔屓《ひいき》でもなんでもなく、君の検挙率の高さを見れば誰しも納得するだろう」

「……ありがとうございます」

こうした小柳からの特別扱いは、上司である刑事課長や同僚の知るもので、だからこそ望己は嫉妬され、遠巻きにされるのだが、同時にある程度の勝手な振る舞いを許容されてもいたのだった。

「君には行方不明のお兄さんを捜すという目的があるのだから。目的遂行の一番の早道は組織内で権力を持つこと。いやらしい言い方にはなるけどね」

小柳がウインクをし、またも望己の肩を叩く。

「肝に銘じます」

彼の言うことは正しい上に、今、彼自身に備わっている権力を自分のためにも行使してくれている。感謝しかない、と望己は小柳の言葉を受け入れた上で素直に頭を下げた。

「君を現場周辺の聞き込みのほうに配置するよう、刑事課長には言っておくよ。くれぐれも、上手くやるんだよ」

小柳はそう言うと、望己の肩をぎゅっと掴むようにしてから、「それじゃあね」と先に喫煙スペースを出ていった。

頭を下げ、彼を見送った望己は喫煙者ではなかったものの、誰もいなかったためにその場に留《とど》まり、一人思索に耽《ふけ》った。

もし小柳に、兄が『吸血鬼』を名乗り自分の前に現れたと告げたらどういうリアクションを取るだろう。夢でも見たに違いない、疲れているのではないか――そう言われるのがオチだろうなと苦笑する。

いずれにせよ、兄のことはひとまずおいておくことにしたはずである。考えるのはやめて捜査に集中しようと望己もまた喫煙スペースを出て、会議室に戻った。

「ゲイの出会い系サイトで発見とか、よく見つけたよな。いつも見てるってことかね」

「本人も愛用してるって？　案外そうかもな」

先輩刑事がそんな会話を交わし、どっと笑いが起こっている。タイミングが悪かったなと思いつつ望己は彼らを横目に刑事課長のもとに進み、指示を待った。

「小柳管理官からの指示で、お前は現場周辺の聞き込みに決まった。ラーメン店のほうだ」

課長がむすっとしたままそう言い、行け、と顎をしゃくる。

「わかりました」

短く返事をすると望己は誰に声をかけることもなく、会議室を出た。

望己はそのまま北口のラーメン店に向かい、現場近くの店や家への聞き込みを行ったのだが、有益な情報を得られないままにその日の任務を終えた。帰宅する前に倫一に電話をかけてみたのだが留守番電話に繋がったので、またかけると伝言を残しスマートフォンをポケットに仕舞う。

その日の捜査の進捗としては、被害者が山本孝美と特定できたことのみで、山本から他の被害者の身元判明に繋がる筋は今のところ見つかっていなかった。

望己が帰宅したと同時に倫一から折り返しの電話が入った。

『悪い。ちょっと手が離せなかった。今どこだ?』

「家についたところだ」

『ちょうど近くにいる。行ってもいいか?』

調査の報告をしたいという倫一からの申し出を望己が断るはずもなく、このところ帰宅が遅かったため荒れていた部屋を片づけ始めたところに早くも倫一が到着した。

「ビールくらいしかない」

「おかまいなく。部屋もそのままでいいぞ」

苦笑しつつ倫一がそう言い、ダイニングテーブルに向かい合って座る。

「お前、部屋はいつも綺麗《きれい》にしているよな」

「性分だよ。雑然としているほうが気になる」

「兄さんがそんなことを言ってたな」

ふと望己は兄のことを思い出した。体調が悪そうなときでも部屋を整然とした状態に保とうと掃除を始める。寝ているといい、自分がやるから、と言っても、お前は勉強していなさいと聞いてくれなかった。

別に部屋が片づいていなくても死にはしないし、自分は気にならないと主張すると兄は笑って『性分だよ』と言っていた。

『片づいていないほうが気持ちが悪いんだ』

今の倫一の台詞《せりふ》と被るな、と懐かしんでいた望己に倫一が声をかけてくる。

「優希さんも綺麗好きだったな。お前が散らかすとよく零《こぼ》していた」

「そうなのか。俺は注意されたことなかったが」

「忘れているだけじゃないか」

倫一はそう笑い、望己が手渡した缶ビールを開ける。

「報告というのは他でもない、例の大学生、ほら、事件現場が好きな田辺《たなべ》君。彼に話を聞きに行ったんだが、なんだか様子がおかしいんだ」

「おかしいって?」

事件には関係なさそうだと判断していたが、何かかかわりがあったというのだろうか、と一気に緊張を高めた望己だったが、倫一の返しを聞き、彼もまた首を傾げた。

「優希さんの写真を見せたんだよ。君が刑事に話していたのを聞いたが、君が見た若い男というのはこの人物ではないかと。そうしたら彼、事件現場には行ったし刑事からも事情聴取を受けたけれども、若い男を見たなんてことは一言も言ってないと言い張るんだよ」

「お前が怪しまれたんじゃないのか？」

警察に報告したことを明かすのはどうかと思ったのではないかと望己は考えたのだが、

「その辺、俺がしくじると思うか？」

と倫一は憮然《ぶぜん》とした顔で言い返してきた。

「誤魔化そうとしているわけでも、隠しているわけでもなく、本気で覚えていない様子だったんだ。白い服を着た若い男を見たと言っていたはずだが、と聞いても首を傾げている。当然、優希さんの顔にも見覚えがないと言われた。でもおかしいのはこれからなんだ」

「これから？」

まだあるのか、と問いかけた望己に、自身もまた眉を顰《ひそ》めつつ倫一が語る。

「釈然としないまま聞き込みを切り上げようとしたんだが、最後にもう一度と思って、優希さんの写真を見せたんだ。そうしたら彼、まるでその写真を初めて見たというリアクションを取ってきたんだよ」

「意味がわからない。どういうことだ？」

「最初に彼に優希さんの写真を見せたときのリアクションが『この人は誰ですか？　初めて見ます』というものだった。二回目に見せたときに彼は、まるで同じ答えを返したんだよ。『この人は誰ですか？　初めて見ます』と。冗談かと思って『さっき見せた写真ですよ』と言ったんだが、彼はぽかんとしているんだ。『写真なんて見ましたっけ？』と」

「からかわれたんじゃないか？」

言いながら望己は、大学生、田辺のことを思い起こしていた。気の小さそうな男だった。倫一をからかうような度胸があるとは思えない。

「少し脅して確かめたが、冗談を言っているようには見えなかったんだよ。本当に忘れている様子だった。今の今、見せた写真をだぜ？　そんなことあり得ると思うか？」

「あり得ないだろう」

田辺と会話をしたが、ほんの数分前のことを忘れるといったことはなかった。前日に見た白い服を着た綺麗な男のことも覚えていた。その彼がたった一日でそうした性質を持つようになるとは思えない。

「不思議だろ？　それが気になってさ」

言いながら倫一がジャケットの内ポケットを探る。

「あれ？」

「どうした？」

「写真がない」

「え？」

倫一が焦った様子で自身のジャケットのポケットというポケットを探り始める。

「優希さんの写真がない。間違いなく内ポケットに入れたはずだ。入れたあとに確かめもした。なのにないんだ」

「落としたのでなければすられたとか？」

誰がなんのために、というのはともかく、と告げた望己に向かい、倫一が首を横に振る。

「あり得ない。ずっと車で移動していたから」

「しかし……」

倫一に限っては写真を落とすなどといったことはあり得ないと望己も思う。完全無欠といっていい、頭脳も身体能力もずば抜けたものを持っている男ではあるが、先程からの彼の話はどうにも普段の彼らしくない。

おかしいのは田辺ではなく彼なのでは。ちらとそんな思考が望己の頭を過《よぎ》る。とはいえ本人には言えないが、と思いつつ見やった先では、何も言わずとも望己の思考に気づいたらしい彼が憤った顔になっていた。

「今、おかしいのは俺だと思っただろう？」

「これがお前じゃなければそう思う」

「ありがとう」

礼を言いながらも倫一の口元が歪んでいるのは、彼自身が我が身に起こったことに納得できていないからだろう。

「なんだか狐《きつね》につままれたみたいだ」

ぽつりと倫一が呟いたそのとき、どこからともなくバリトンの美声が響いてきた。

「狐が妖術を使うと信じているわけではあるまいに」

「……っ」

その声は、とぎょっとした望己の前で、倫一が訝《いぶか》しげな顔になる。

「なんだ？　今の声は」

次の瞬間、忽然《こつぜん》と——まさに忽然と二人の前にルークが姿を現し、望己に、そして倫一に驚愕《きょうがく》の声を上げさせた。

「な……っ」

「な、なんだ、お前はっ」

「ルークだ」

平然と名乗ったルークがすっと左に一歩踏み出す。

「優希さん⁉」

ルークの身体の陰から姿を見せたのは優希で、ますます仰天した様子の倫一が名を叫ぶ。と、優希は倫一に向かい頭を下げたものの、言葉を発することなく俯《うつむ》いてしまった。

「昨日お前が話していたのは……なんてことだ。現実だったんだな」

頼もしいことに倫一は比較的すぐに我に返ったようだった。さすがだと感心してしまっていた望己の前でルークが倫一に声をかける。

「財前倫一《ざいぜんのりかず》。あまり余計なことはしないでもらえるか?」

「……っ」

その途端、倫一は息を呑《の》んだかと思うと、とり殺しそうな目でルークを睨《にら》み問いかけた。

「なぜその名を?」

「優希に聞いた。何をそう怒っているのだか」

少し驚いたようにルークは目を見開いてみせると、

「なんと呼べばいい?」

と倫一に問う。

「………倫一《りいち》で」

倫一は一瞬、何かを言いかけたがすぐに抑えた溜め息を漏らすと、自身の呼び名をそう指定した。

「承知した。倫一、話は昨日望己にしたとおりだ。吸血鬼を連想させる殺人事件を一刻も早く解決してほしい。本物の吸血鬼である我々にとばっちりがきてはかなわないからな」

「本物の吸血鬼……」

倫一がぼそりと呟き、ルークを見たあとに視線を望己に向ける。

「……夢じゃなかった……と言うことなのか？」

夢としていたほうがどれだけ納得できることか。しかしこうして倫一と二人して見て、そして話しているわけだから、夢ではなく現実であると認めざるを得ない。望己の言葉に倫一は、「そうだな」と頷くと再び視線をルークへと戻し口を開いた。

「要求はわかった。しかし実際、この世の中で吸血鬼の存在を信じている人間などまずいない。とばっちりを恐れるのは杞憂《きゆう》だと思うが」

「『本物』ではなく『なりきり』を調べられるのも困る。我々は本物ではあるが、見ようによってはなりきろうとしているようにもとられかねない。年を取らない、食事をしない、太陽の下には出てこない――実際そうなのだと言ったところで信じてはもらえまい」

「『なりきり』が血を求める……バートリ夫人だったか。前にどこかで読んだな」

「誰だ？」

納得した顔になった倫一に、望己が問う。

「ハンガリーだったかの、実在した人物だ。若い女の血を浴びるだか飲むだかすると若返りをはかれると大虐殺を行っていた。吸血鬼伝説のモデルになったといわれる」

「吸血鬼伝説。誠に嘆かわしい。彼女のせいで吸血鬼イコール流血というイメージがついたというわけか」

憮然とした顔になったルークだったが、すぐに頬に笑みを刻むと、

「決して杞憂ではないと思わないか？」

と倫一を見やった。

「ともあれ、捜査が吸血鬼伝説に向かないよう、気を配ってほしい」

「それで姿を現したのか？　望己の前に？」

倫一はすっかり冷静さを取り戻している。自分は昨日、夢か現《うつつ》かと動揺してばかりだったのに、と望己は自身を情けなく思いつつ、二人のやりとりに聞き入っていた。

「順序としては違う。優希に事件の様子を見に行かせたほうが先だ」

ルークが悩ましげな口調となり肩を竦める。

「うっかり防犯カメラに映り込んでしまったのを望己に気づかれた。事件と優希の間にかかわりはない。しかし、兄が事件現場近くに姿を見せれば、弟は気にしてなんとか行方を捜そうとするだろう。そうなる前にと、優希のほうから姿を見せることにしたのだ。優希も日頃から弟には会いたそうにしていたこともあったので」

「そんなことはありません」

と、ここで優希が唐突に口を開いたため、望己は、はっとし、兄を見やった。

「ルーク様に命をいただいてから、私は全身全霊でルーク様にお仕えすると心を決めたのです。私は十年前に死んだのです。私にはもう、弟などおりません」

「兄さん……」

きっぱりと言い切る兄の姿を前に、望己は呆然《ぼうぜん》としてしまっていた。

完全なる拒絶。昨日は謝るばかりだった兄の態度が豹変《ひょうへん》したことに対し、戸惑いというには大きすぎる衝撃を望己は今、受け止めかねていた。

再会したいと願ったことはなかったのか。この十年、自分は兄を一日たりとも忘れはしなかったのに、兄は違ったというのか。

兄弟二人、心を通じ合わせていたと思っていたのは自分だけだったのか。

いや、違う。

絶望しそうになっていた望己の脳裏に、昨日ルークから聞いた話が蘇る。

兄は自分が大学に入学するまでの間は生きながらえたいとルークに訴えたということだった。そんな兄が自分を切り捨てるなど、あるはずがない。

何か理由があるに違いない。それを問わねばと望己は兄へと視線を向けたが、兄は頑《かたく》なに目を伏せたまま、望己を見ようとしない。

「案ずるな。お前の考えているとおり、優希はお前を捨ててはいない」

横からルークが笑顔のまま、望己に話しかけてくる。

「私を警戒しているだけだ。私がお前を仲間に加えるのはどうだと昨夜言ったから」

「俺を？　仲間に？」

「どういうことだ？」

戸惑う望己の声と、怒声と言っていい音量の倫一の声が重なって響く。

「久々に弟に会って嬉《うれ》しげにしていたから、それならこれからも共に過ごせばいいと提案しただけだ」

「望己も吸血鬼にしようとしたのか？」

望己が言い返すより前に、なぜか倫一がルークに食ってかかる。

「落ち着け。彼が望めば、だ」

ルークは倫一にそう返すと、視線を望己に向け話し始めた。

「お前の人生は優希を捜すことのみに費やされていた。お前にとって一番大切なのは優希ということであれば、我々の仲間になってはどうだと思いついたのだ。お前が加われば優希も喜ぶ」

「いいえ、喜びません。望己の人生にもう僕は必要ない。望己は立派な刑事になりました。彼の人生は彼の望む道を、信じる道を進んでほしいのです」

優希がルークの言葉を遮るようにしてそう叫ぶ。

「わかったわかった。言っただろう？　本人が望まないのなら無理強いはしない。私を信用してくれ」

ルークが苦笑しつつ兄を宥《なだ》めているのを見て、望己はなんともいえない気持ちに陥った。

兄は今、幸せではないのではないか。だからこそ、必死でルークを止めているのでは。十年前も、そして今も、否、自分が生まれ落ちたその日から兄はずっと自分を庇《かば》い、慈しんできてくれた。だからこそ仲間には加わらせまいとしているのでは。

もしそうであるのなら、兄一人につらい思いをさせるわけにはいかない。それで望己はまずは兄が今、幸福か否かを確かめねばと優希に問いかけた。

「兄さんは大丈夫なのか？　自分がつらいから俺を同じ目には遭わせまいとしているんじゃないのか？」

「失敬な弟だ。私がどれだけ優希を大切にしているか、まるでわかっていないとみえる」

あからさまにむっとしてみせたルークだったが、すぐ、

「まあ、本人にも伝わっていないようだが」

と一変し、落ち込んでみせる。

「ちょっといいか？」

と、横から倫一が声をかけてきたのに、望己をはじめ皆の視線が彼へと移った。

「なんだ？」

倫一の視線の先にいたのはルークで、自分への問いかけと察した彼が笑顔で答える。

「望己が望まないのなら無理強いはしないと繰り返しているが、彼の気持ちを変える術《すべ》を持っているんじゃないか？」

「？」

倫一が何を言っているのか、望己は理解できなかった。が、ルークにはわかったらしく、ははは、と声を上げて笑ったあとに言葉を発する。

「人の気持ちを変える術など、あろうはずがない」

「しかしあなたたちは突然我々の目の前に現れた。それに先程から話していると、しばしば、胸にはあるが口にはしていない思いを察しているように感じる」

倫一はそう言うと、確かに、と頷いた望己をちらと見やったあとにルークと向かい合い、彼の目を見据えたまま問いを重ねたのだった。

「なんと表現すべきかはわからない。魔法、妖術、超能力——なんにせよ、あなたにとっては人の心を操ることなど他愛もない行為なんじゃないか？」

「買いかぶりすぎだ。長く生きていると、人が何を考えているかくらいのことはわかってくる。何せ五百年は生きているから」

「ご、五百年」

五百年前。何時代だ？　と唖然《あぜん》としているのは望己ばかりで、倫一は動ずることなく問いを重ねていく。

「しかし先程も言ったがあなたたちは唐突に姿を現した。昨日は望己を自分たちの家に連れていったんだろう？　一瞬のうちに。そのことはどう説明する？」

「さすがに五百年も生きていると、ちょっとした目くらましの術なら使えるようになっている。しかし誓ってもいいが、人の心を操るような能力は私にはない。たとえできたとしても、そんな、人生をつまらなくするようなことを私がするはずないだろう」

「どうだか。俺はあなたではないからな」

なぜかむっとした様子で倫一が言い返すと、ルークは楽しげな笑い声を上げた。

「確かに。私はお前ではないな」

「………」

それを聞いて倫一はますます不機嫌そうな顔になったが、なぜ彼がそんな様子となるのか、彼の心情をまるで望己は理解できずにいた。

「ともあれ。今後は我々が捜査線上に浮かぶことがないよう、気をつけておいてくれ。用事はそれだけだ。優希、帰るぞ」

そう言ったかと思うとルークは優希の肩を抱き寄せ――次の瞬間、二人の姿は望己の目の前から忽然と消えていた。

「……俺達は頭がおかしくなったわけではないよな」

誰もいない空間を見ながら、倫一がぽつりと呟く。

「ああ。現実だ……と思う」

充分冷静に見えたが、倫一もかなり動揺していたのだなと今更わかり、望己は少し安堵《あんど》した。それでつい微笑《ほほえ》んでしまったのだが、すぐに倫一に気づかれ睨まれる。

「何が言いたい？」

「いや、お前も人間なんだと思って」

「当たり前だ」

いつものように軽快なテンポで言い返してきた倫一が、ここでふと口を閉ざす。

「どうした？」

「いや……ルークという男は本当に人間ではないのかと。それに……」

言いかけ、黙ったのはおそらく兄の名を出そうとしたのだろうと望己は察し、言葉を足した。

「兄さんも。吸血鬼になっているだなんて、到底信じられないが、少なくともまったく年を取っているようには見えなかった。しかもあのルークという男、五百年生きているかはともかく、俺達の前から姿を消したのは間違いない」

「目くらましと言ってたな。人の心を操るなんてことはできないと……いや、待てよ」

頷いた倫一が、はっとした顔になる。

「田辺が優希さんのことを覚えていないのは、彼の仕業なんじゃないか？　記憶から消す、といったことをしたのでは……」

「となると、人の心を操ることはできるのか……」

「本人はできないと言っていたが、どうだかな」

倫一もまた厳しい顔になり黙り込む。

兄も——操られているのか。唇を噛《か》む望己の脳裏に、兄の顔が浮かぶ。

だから『吸血鬼』になることを受け入れた。いや、もしも心を操られているのなら、自分を仲間に入れたらどうだというルークの言葉にああも拒絶反応を見せるだろうか。

やはり兄はつらい日々を過ごしているのではないか。今まで見たことがないような厳しい語調で否定したのは、つらい思いを望己に悟らせたくなかったからでは。

推察ではあるが、兄ならいかにも考えそうなことだ、と望己は気づかぬうちに激しく首を横に振っていた。

「どうした」

激しい動きだったからか、倫一が驚いた様子で声をかけてくる。

「兄さんは俺の犠牲になってくれているんじゃないだろうか」

だとしたら——自分には何ができるだろう。答えを見つけられないまま、望己はつい、倫一に訴えかけていた。

倫一に何を聞いたところで、彼を困らせるだけだということは勿論望己にもわかっていた。

ルークや兄に関して、倫一には自分以上の情報はないだろうから答えられるはずがない。

「ああ……悪い」

即座に反省し謝罪した望己は、言い訳がましいと思いつつ言葉を続けていた。

「兄さんは俺がルークの仲間になるのを身体《からだ》を張って止めてくれていた。だがもしも兄さんが今、ルークのもとでつらい思いをしているんだったら、このまま兄さんを見捨てていいはずがない」

言いながら望己は自身の気持ちが昂揚《こうよう》してくるのを感じていた。

十年ぶりに話した兄がすでに人間ではないということにも衝撃を受けた。嘘としか思えないが、どうやら人間ではないというのは事実のようである。自分が一人で暮らせるようになるまで生きながらえたいと、その希望から兄はルークの仲間になった。いわば自分のせいで兄は望まぬ命で生き延びている。

それが兄にとってはつらいことなのではないか。だからこそ、ルークが自分をも兄と同じく仲間にすると言ったときにきっぱり拒絶したのではないか。

そんなつらい思いを兄だけにさせておくわけにはいかない。兄が既に人間ではないというのなら、自分にできることはなんなのか。考えるまでもなく答えは一つしかない。

思考力がまともに働いている状態ではないという自覚は望己にもあった。それを口に出すことが何を引き起こすかということまで考える余裕はなかった。熱に浮かされたように望己は己の頭に浮かぶままの言葉をいつしか語ってしまっていた。

「俺にできるのはただ、兄さんの傍《そば》にいること、それだけだ。ルークに仲間になることを望むと言うべきだった。兄さんがなぜ制止をしたかに気づいていれば……っ」

「お前、自分が何を言っているか、わかってるのか？」

「……っ」

不意に倫一の声が響いてきたと同時に両肩を強い力で摑まれ、望己は、はっと我に返った。

いつしか伏せていた顔を上げ、目の前の倫一を見たが、彼の顔があまりに真剣であったため、違和感を覚え問いかける。

「倫一？」

「……優希さんの傍にいる？　あのわけのわからない男の仲間になる？　なんだ、それは」

「痛っ」

望己を睨むようにして見据えたまま肩を摑んでくる。痛みを覚えたためにその手を振り解《ほど》こうとしたが、倫一はますますその手に力を込めると、望己に訴えかけてきた。

「お前の頭の中には優希さんしかいないのか。お前も優希さんのように、消える気か？　残された俺はどうなる？　お前は俺のことなど、少しも気にしてはくれないのか？」

「倫一、どうした」

望己は倫一がなぜそうも怒りを露《あら》わにしているのか、正直理解できなかった。先程まで興奮していたが、相手がそれ以上に興奮しているのを目《ま》の当たりにし、逆に冷静さを取り戻した彼は、今、倫一に言われたことに対する答えを彼に伝えるべく口を開いた。

「兄さんのことしか頭にないのかと言われれば、今はそのとおりだと思う。何せ十年ぶりに会ったんだ。しかも十年間、ずっとつらい思いをさせてきた疑いもある。その間、俺はのうのうと生きてきた。それを思うとまずは兄さんの幸せを考えたいんだ」

「俺はどうなる」

「お前?」

いきなりの倫一の主張はやはり、望己の理解を超えるものだった。

「なぜお前が出てくる?」

それで問いかけたのだが、その言葉が倫一を激高させることになろうとは、予想もしていなかった。

「お前は……っ」

倫一の目がカッと見開かれたと同時に、彼の手が望己の肩を外れたのだが、その手の甲で思い切り頬を張られ、その場に倒れ込む。

「おいっ」

なぜ裏拳で殴られたのか、理由も意味もわかりはしないがゆえにカッと頭に血が上る。それで望己は倫一を怒鳴りつけたのだが、起き上がろうとする自分の上に彼が馬乗りになってきたことで、また殴るつもりかと咄嗟《とっさ》に身構えた。

が、倫一の意図は別にあった。伸びてきた彼の手は望己のシャツを摑んだかと思うといきなり引き剝ごうとしてきたのである。

「な……っ」

ボタンが飛び散り、前がはだける。と、倫一は望己が唖然としている隙を突いて両手首を捕らえるとそのまま床に押さえつけ、覆い被さってきたのだった。

「……っ」

唇を唇で塞《ふさ》がれ、ますます驚きが増す。男の唇も温かいものなのか、などという馬鹿げた考えが望己の頭を過ったのは、思考自体がストップしてしまっていたからかもしれなかった。

これは——キス、か？　倫一が？　自分に？

疑問が次々と頭に浮かんできたときには、倫一の唇は望己の唇を外れ、首筋から胸へと下っていた。

「よせ！　おい！　お前、何を考えている！」

冗談や悪ふざけにしても理解できない。そもそもなぜ今、そんな悪ふざけをしようというのか。その前に殴ってきたことといい、倫一はなんのつもりかと、怒りが込み上げてきたせいもあって望己はなんとか彼の腕から逃れようと身を捩《よじ》った。

「気持ちが悪いだろうがっ！　やめろっ」

肌を吸い上げたり、舌を這《は》わせたりと、性行為のような真似《まね》をするその心理もわからない。実際に嫌悪感があるか否かを判断するより前に望己がそう叫んだのは、一刻も早く倫一の『悪ふざけ』をやめさせたいと願ったためだった。

「……気持ちが悪いのか」

次の瞬間、倫一の動きがぴた、と止まったかと思うと、彼が身体を起こした。

「当たり前だろうが！」

怒りのまま、言い返した望己は己を見下ろす倫一とようやくこのとき目を合わせたのだったが、倫一があまりにショックを受けた表情をしていることに驚き、怒りを忘れて問いかけてしまっていた。

「ど、どうした」

「……俺は……」

いつの間にか倫一の両手は、望己の両手首を離していた。腹の上に跨《また》がったまま、じっと望己を見下ろし、何かを語ろうとしている倫一の顔は悲しげで、彼のそんな表情を見たことはなかったと、望己は身動きをすることすら忘れ、じっと倫一を見上げていた。

「俺は……お前が好きだ」

望己が見つめる中、倫一がぼそりと呟く。掠《かす》れたその声は微《かす》かに震えているようで、そんな弱気な声音もまた初めて聞いた、と望己は尚《なお》も倫一を見上げてしまっていた。

彼の顔や声の表情があまりにいつもと違うがゆえに、そのことに戸惑いを覚えるほうが先に立ち、彼が何を告げたのかに関する理解が遅れていることに、望己自身、気づいていなかった。

否、もしかしたら、無意識のうちに理解することを避けていたのかもしれない。それに気づいたのは、声を失っていた望己に対し、倫一がぼそりと呟いた言葉を聞いたあとだった。

「……だが、お前は『気持ちが悪い』んだな」

「……っ」

確かに自分が告げた言葉だっただけに、望己は息を呑んだ。そんな彼を一瞬、見下ろしてから倫一はすっくと立ち上がり、そのまま部屋を出ていった。

望己はただ、仰向《あおむ》けに横たわったまま呆然としていた。が、玄関のドアが開閉する音でようやく我に返ると、慌てて起き上がり、はだけた前をあわせながら玄関へと向かった。

既にドアは閉ざされており、倫一の姿はなかった。今の今、起こったことなのに、理解がまるで追いつかない、と望己は混乱してしまいながらも、玄関の鍵を締め、チェーンをかけてから再びリビングへと戻った。

動揺しているはずなのに、戸締まりを気にするなど、自分自身の心理も行動もよくわからない、と望己はダイニングのテーブルに座り、飲みさしの缶ビールを手に取った。気が抜けていることに時間の経過を感じると同時に、一連の出来事が次々と頭に浮かぶ。

何一つ、夢ではないのだ。そう実感した望己の口からは深い溜め息が漏れていた。

兄が吸血鬼になっていたというのも勿論ショックだった。が、一番ショックを受けているのは今の今、倫一から受けた仕打ちだった。

いや、『仕打ち』というのは違う。今更痛みを思い出した頰を押さえたあとに、すっかりボタンの飛んだシャツを見下ろし、またも望己は溜め息を漏らす。

『俺は……お前が好きだ』

自分も倫一が好きだ。親友と思っている。誰より心が通じ合っていると思っていたし、倫一が危機に陥ったときには何をおいても駆けつけるつもりである。

しかし、倫一の『好き』は友情ではない——ということか。

キスをされ、首筋を、胸を舐《ねぶ》られた。それが意味するのはおそらく、性的欲望を感じているということではないのか。

性的欲望！　自分に？　到底信じられない。見下ろした先、乳首の少し上に赤紫の吸い痕を見出《みいだ》し、無意識のうちに望己はその痕を指先で辿っていた。

これは間違いなく、倫一によってつけられたものだ。一体いつから倫一は自分に性的欲望を抱《いだ》いていたのか。

出会った頃？　それとも最近なのか？　いずれにせよ、今まで彼からそんな感情を抱かれているとと感じたことがない。

ずっと隠していたのだろうか。それはそれでショックだ。自分としては彼に対しては何一つ隠し事などなかっただけに、相手は違ったのかと気づかされたことにショックを受けた。とはいえ、もし、告白されていたら——自分はどういうリアクションを取っただろうか。

『気持ちが悪い』

この言葉だけは言わない自信がある。実際、気持ちが悪いとは思わない。戸惑いはあるが、嫌悪感は不思議と湧いてこない。

しかし倫一は自分が『気持ちが悪い』と感じていると勘違いをしている。そのことに傷ついて出ていったのだ。

違うのに。

しかし『違う』とは言えるが、それではどういう気持ちなのかと問われたとき、答えることができない。

親友では駄目なのか。駄目だからこそ告白をしてきたのだろう。きっかけは、と考えようとし、本来考えるべきはそこじゃない、とすぐに気づく。

きっかけなどどうでもいいのだ。考えねばならないのは、倫一の気持ちを受け入れるか否かである。

どう——なのか。自分の気持ちは。彼を受け入れるのか、受け入れないのか。

受け入れない場合は——おそらく倫一とは今までどおりの関係を築くことはできない。彼はきっと姿を消すだろう。先程自分の前からいなくなったように。

「……どうすればいいんだ……」

呟く望己の脳裏に、倫一の顔が浮かぶ。

彼が自分の前からいなくなる。彼のいない日常など、今や望己には想像のできないものとなっている。

では受け入れるのか？　彼を失いたくないというだけの理由で。

それはそれで誠意がない。なら誠意とはなんだ。どうすれば彼の誠意に応えることができるのだろう。

わからない――またも望己の口からは溜め息が漏れてしまう。

溜め息などついたところで、何も解決しないというのに。それでも、と思いを繋ぐ望己の指先は自然と己の胸にある、赤紫の吸い痕へと向かっていた。

倫一はどんな気持ちでこの痕をつけたのだろう。その気持ちを慮《おもんぱか》る望己の脳裏に浮かんでいたのは、今まで見たこともなかったような倫一の傷ついた顔だった。

6

翌日、あまり眠れぬままに望己は国立署に向かい、朝一で開催された捜査会議に出席した。

当然ともいえるが、犯人についてはルークが案じたように吸血鬼の関連を疑うような流れにはならなかった。

「被害者の一人が判明しました」

出会い系サイトを虱潰《しらみ》しに当たった結果、最初の被害者のうちの一人の身元がわかったという本庁の刑事の報告を受け、国立署の刑事たちは一斉にざわめいた。

「錦糸町のキャバ嬢でした。三日前から行方知れずになっています。キャバ嬢仲間に、出会い系サイトで知り合った相手から、大金をせしめられそうだと吹聴していたそうです」

「出会い系サイトが特定できているのなら、彼女とそのサイトで接触した相手も特定できないのか？」

小柳管理官が厳しい顔で問いかける。

「それが、このサイトは秘密厳守が売りということで、一切ログは残していませんでした」

「本当に？　そういう建前での経営をしていても実は残していたということはないのか？」

「ないそうです」

小柳の問いに刑事が答える。

「だとするとまた振り出しに戻ったということか」

小柳の言葉が捜査会議に出席している刑事たちの上に重くのし掛かる。

「他の被害者女性の身元の特定も急げ。おそらく出会い系サイトで犯人に呼び出されたものと推察できる」

「承知しました」

「尽力します」

刑事たちが口々に返事をする。望己もまた捜査に身を入れようとするのだが、気になることが多すぎて捜査会議に集中することができずにいた。

自身に起こったことは勿論のこと、やはり全身の血を抜くという行為の意味がわからない。吸血鬼伝説など、普通に信じる層は現代日本にはいない。となるとそうしたカルト集団の仕業ということにしたかったと推察できるが、そんな集団は倫一が調べた限りはなかったという。

だとしたらなぜ、遺体から血を抜いたのだろう。新たなカルト集団が生まれたとでもいうのか。しかしそれにも違和感がある。

疑問を覚えたまま捜査会議を終えた望己に、小柳が声をかけてきた。

「白石君、どうした。覇気がないな」

「すみません。どうもこの事件には疑問が多すぎて」

言い訳がましいと思いつつ、疑問が多いことは事実なのでと思いながら返事をした望己に、小柳もまた頷いてみせる。

「そうだな。猟奇的な事件だ。その割りに計算高いところもある。犯人像が見えないな」

「はい。被害者についても気になります。本当に無差別なのかどうかと」

「無差別なんじゃないか？　まあそれがわかるのは被害者の身元をすべて解明できてからになるだろうが」

「一つ気になっているのは……」

小柳と会話をしているうちに、望己の胸には一つの疑問が生まれていた。

「なんだい？」

笑顔で問いかけてきた小柳に、今の今、生じた疑問をぶつけてみる。

「やはり唯一の男性の被害者が気になります。他の三人は女性でしたし」

「彼も出会い系で知り合ったんだろう？　そこが共通点なんじゃないか？」

「そうかもしれません……が……」

なんだろう。やはりしっくりこない。これはもう理屈ではなく、望己の刑事の勘ともいうべきものからであり、他人に説明するのは難しい。それで口を閉ざした望己に、小柳が言葉を重ねてくる。

「無差別の可能性が高いというのが捜査本部の見解だ。となると今必要なのは次の被害者を出さないことになる。いっそのこと、事件の詳細を公表するのはどうかと私は思っているが、上は反対のようだ」

「なぜ反対なのでしょう」

公表すれば、出会い系サイトのユーザーに対し、怪しげな誘いには乗らないようにという注意喚起できる。最大の防御となると思うのだが、と首を傾げた望己に対し、難しい顔のまま小柳が答える。

「タイミングを計っているのだろう。今、公表すれば間違いなく警察は叩かれる」

「……更に被害者が増えるようなことにでもなれば、ますます叩かれるんじゃないですかね」

要は外聞か、と苛立《いらだ》ちを覚えた望己の口調は、自然と吐き捨てるようなものになってしまった。が、小柳の意見ではないとすぐに気づき謝罪する。

「申し訳ありません」

「私に謝罪の必要はない」

小柳がふっと笑い、望己の肩を叩く。

「私は私で上に掛け合うよ。君は捜査に尽力してくれ」

「わかりました」

頷き、頭を下げてから望己は刑事課長のもとに戻った。

課長には引き続き身元不明の被害者についての調査をと命じられたが、無理を言って唯一の男性被害者であるゲイの山本孝美の身辺調査を認めてもらい、捜査にかかる。

以前の勤務先であるセレクトショップには何度も聞き込みに行っていたため、ペアを組むこととなった先輩は難色を示した。それで望己は一人で向かうことにしたのだが、セレクトショップの店長には、あからさまに面倒そうな扱いを受けた。

「またですか」

「すみません。山本さんの交友関係について、思い出したことがあればと」

「そう言われてもね」

店長は見るからにゲイといった外見をしており、最初に聞き込みにいった刑事に山本と関係があったものと決めつけられたため、すっかりヘソを曲げてしまっているらしい。そう察した望己はできるだけ店長を刺激しないようにと心がけつつ、質問を始めた。

「山本さんはこちらにお勤めのときから出会い系サイトをお使いでしたか？」

「知りませんよ。従業員のプライベートには踏み込まないようにしているので。いくら同じゲイでもね」

むっとしたようにそう返した店長は「もういいですか」と話を切り上げようとした。

「山本さんがお店を辞められた理由はなんだったんでしょう」

それで質問を変えることにした望己に店長はますますむっとした顔になった。

「知らないって。来なくなったんですよ。あるときからね」

「突然ですか？　何かトラブルでも？」

「知りません。別に私とは揉めていませんよ」

「お客さんと揉めたとか？」

「さあね」

取り付く島がない。しかしここで引き下がるわけにはいかないと望己は食い下がった。

「以前ここに来た刑事があなたに不愉快な思いをさせたことは謝罪します。被害者の山本さんについて、何でもいい、情報がほしいんです。どんな些細《ささい》なことでもいい。何か思い出せませんか？　山本さんの友人でも恋人でも、ちょっとした知り合いでもいいんです」

お願いします、と誠意を込め、頭を下げる。

「別に警察に対して怒っちゃいませんよ。本当に何も知らないんです」

店長はそう言いはしたが、先程より彼の態度は軟化しているように望己には感じられた。

「タカミーがうちにいたのなんて、ほんの半年でしたしね。客あしらいは上手いんだけど、とにかくルーズで。シフトを組む意味がないと随分叱ったけど結局直らないままでした」

「常連客で山本さんを贔屓にしていた人はいませんか？」

今の言いようだと、時間にルーズであっても雇い続けていたようである。理由はおそらく客を持っていたからではという望己の勘は当たった。

「六本木のキャバ嬢ですよ。タカミーのことを気に入って、来るたびに二十万近く買ってました」

「その女性の連絡先、教えていただけませんか？」

「別にいいですけど、でも、タカミーとは切れてるはずですよ。あの子がいる間に来店しなくなったから」

それでも何か話は聞けるかもしれないと望みを繋ぎ、望己はそのキャバ嬢に連絡を入れた結果、出勤前の彼女との面談の約束を取り付けたのだった。

「え？　タカミー、亡くなったの？」

六本木のカフェで会った村木《むらき》さおりという名の彼女は、山本の死を聞いて心底驚いた様子となっていた。

「彼とはもう、一年くらい会ってないかなあ。お金の無心されて、それでちょっと距離置いたんだよね」

「そうですか……」

一年会ってないとなると、聞き出せることはないかと、内心落胆していた望己だったが、そのとき村木が、

「あ、でも、最近噂《うわさ》を聞いたな」

と言い出したため、思わず身を乗り出した。

「どんな噂です？」

「出会い系で金脈掘り当てたっていうの。すごい羽振りがよくなってるって。彼には結構大金貸してたんで、それ聞いて連絡取ろうかなと思ったんだけど、携帯の番号変えたみたいで繋がらなかったのでそのままになってたんだったわ」

「その噂、誰から聞いたか覚えていますか？」

「同じ店の子よ。呼ぼうか？」

村木はすぐに鈴木《すずき》という名の同僚を呼び出してくれ、彼女から望己は噂の出所が彼女がよく行くゲイバーの従業員だということを突き止めた。

鈴木が連絡を入れてくれ、望己はその従業員に会いに行ったのだが、店で誰かが噂をしていたが、誰ということまでは覚えていないと、そこで情報は途切れてしまった。

しかし新たな情報を、マドンナと名乗る彼から得ることができた。

「タカミーが見るからにお金持っていそうなイケオジと一緒にいるところを見かけて、そいつが噂の金ヅルかなと思ったのよね」

「どんな人でした？」

「さあ。顔はよく見えなかったの。高そうなスーツ着てたってことくらいしか覚えてないけど……」

どうやら山本には『金ヅル』といわれる人間がいたことは間違いなさそうである。その人物が事件とかかわっているかどうかはわからないが、と、望己は思いながらも、ひっかかるものは感じていた。

明日の捜査会議で報告するかと考えていた望己の携帯が着信に震えたのは、深夜一時を回った頃だった。

『またやられた。被害者は若い男女。やはり全裸で全身から血を抜かれている。現場は谷保駅近くの閉店したスナック。すぐに向かってくれ』

連絡をしてきたのは刑事課長だった。望己は自分が今新宿にいる旨を伝えたあと、すぐにタクシーを捕まえ現場に向かった。

「いやあ、なんだかもう、いやになるよね」

望己が現場に到着したときに、ちょうど遺体を引き取ろうとしていた菊野《きくの》と顔を合わせることができた。

やりきれない表情となっている彼に望己は遺体の状況を尋ねた。

「同じだよ。同一犯であることは間違いない。ただ、身元の特定は案外時間がかからないかも」

「なぜですか?」

「被害者の血液型がRhマイナスだったから」

絶対数が少ないからね、という菊野に対して望己は、違うだろうなと思いつつも問いを発した。

「血液を奪うことが目的だったんでしょうか」

「それはないと思う。今までが違ったようにね」

菊野はそう言うと「それから」と気づいたことを伝えて寄越《よこ》した。

「男のタトゥーも随分と特徴的だ。どちらからでも身元特定に繋がりそうだよ」

「……そう……ですか」

違和感がある。望己はその場で首を傾げた。

なんだか『雑』に感じる。今まで被害者の身元の特定は決して容易ではなかった。なぜここにきて、と疑問を覚えていた望己は、菊野の言葉に我に返った。

「まるで急いで被害者を出さないといけないとでも思ったかのようだ。理由はさっぱりわからないけれどね」

「………」

もしも事件が公表されていれば、模倣犯を疑ったかもしれない。一体何が起こったのか。

望己は現場に足を踏み入れ、鑑識の林《はやし》を見かけて声をかけた。

「やはり痕跡は出ませんか?」

「ええ。そこはきっちり押さえているようです」

残念そうな顔になる林に防犯カメラのことを確かめる。

「ここは設置されてないんですよね。近隣の防犯カメラをチェックするしかなさそうです」

「そうですか……」

被害者の身元は判明しそうだが、遺留品は相変わらず無しだという。やはり同一犯ということなのかと思いながら店の外に出た望己の視界に、見覚えがある——などという言葉では表現できないほど見慣れた男の顔が飛び込んできた。

兄だ。また現場を探りに来たのか。

目が合った途端に、優希は踵《きびす》を返してしまった。あとを追いかけようとしたが人目を気にし、望己はその場に留まった。

兄はまた、事件を探りに来たのか。ルークの命令で？　やはり兄はルークによって虐げられているのではないか。

それを確かめるには、と、望己は密《ひそ》かに帰宅後なすべきことへの決意を固めていた。

捜査会議は明朝開かれることとなり、望己は深夜三時過ぎに帰宅をすることができた。

「兄さん、事件の情報がほしかったら姿を見せてくれ！」

帰宅後すぐ望己は兄に呼びかけ、反応を待った。

五秒。十秒。

「ルークの命令で情報を集めているんだろう？　なんでも教えるよ。だから姿を見せてくれ」

尚も叫んでその場で耳を澄ませ、目を凝らす。と、背後から細い兄の声が響き、望己はその声のほうを振り返った。

「……教えてくれ」

「兄さんも人には使えない力を使えるんだね」

望己が真っ直《ます》ぐに見据える先、優希が項垂《うなだ》れている。

「……ルーク様にお願いしたんだ。僕には何の力もない」

「兄さん、確認したいんだけど」

ルークに『様』づけをしているのはつまりは、主従関係にあるということに間違いはなさそうである。それがつらいのだろうか、と望己はそれを問うてみることにした。

「兄さんはどうしてルークの命令に従っているの？　それがつらいの？」

「……事件の話を教えてくれるんじゃないのか」

目を伏せたまま優希がそう告げるのを聞き、望己の中でやりきれない思いが募ってくる。

「教えるよ。だから兄さんも教えてほしい。今、つらい思いをしているのかどうか」

「それはない」

即答する優希は未《いま》だ、目を伏せたままである。本心からなのだろうかと望己は兄の目を覗《のぞ》き込み、それを探ろうとした。

「本当に？」

「ああ。本当だ。ルーク様にはよくしていただいている」

「ならなぜ、俺を仲間にするとルークが言ったときにああも拒絶したんだ？」

「当たり前だ」

ここで初めて、優希が顔を上げ、望己を睨んだ。

「当たり前？」

「人間でなくなるというのがどういうことか、想像してみるといい。永遠に年をとらない、死ぬことができないつらさ。お前をそんな目に遭わせるわけにはいかない」

「やっぱりつらいんじゃないか」

今、はっきり『つらい』と優希は言った。それなら、と望己は身を乗り出し、兄の両肩を摑んだ。

「俺にできることはないのか？　兄さんのために何かをしたいんだ」

「それなら事件のことを教えてくれ」

「俺も兄さんの仲間になる。二人ならつらさも半減しないか？」

「そんな話はしていない。もともと、お前の前に姿を現すつもりはなかった。お前はお前の人生をまっとうするんだ。僕のことはもう忘れてくれ」

「忘れられるわけないだろう！」

望己が叫ぶ声に被せ、優希の悲愴《ひそう》な声が響く。

「忘れるんだ！　僕はもう忘れた。お前の人生にはもう、僕は存在しない」

「している！　こうして今！　兄さん、ずっと会いたかった」

十年もの歳月を重ねたことで、二度と会うことはできないのではと諦めつつあった。それがこうして出会えたのだ。なかったことになどできようはずがない。

「たとえ兄さんが俺のことを忘れていようと、二度と会いたくないと思っていようと関係ない。俺は会いたかった。兄さんを捜すために刑事になった。もう二度と、離れたくはない！」

「望己……」

優希が困り果てた顔になる。と、そのとき溜め息が聞こえたとほぼ同時にルークが姿を現した。

「だから私も行くと言ったのだ。まったく。お前は弟に甘すぎる」

「ルーク様」

優希がはっとした顔になり、ルークに駆け寄る。

「申し訳ありません」

「謝る必要はない。そもそもそうして私に対してへりくだるから、弟が誤解をするのだ」

ルークはそう言うと視線を望己へと移し、こう言い捨てた。

「事件の概要を聞きにきた。血は抜かれていたようだな。いい加減、犯人は特定できないのか」

「……まだだ」

答える義理はないとは思ったが、自分の態度によっては兄がつらい思いをすることになるのではと案じ、望己は素直にルークの問いに答えた。

「吸血鬼の真似事をしていることに関しては話題になっているか？」

「特になっていない。『吸血鬼』という単語も出てこない」

「そうか。考えすぎだったかな」

ルークはそう言うと、視線を優希へと戻した。

「事件については忘れることにしよう。これ以上は調べる必要はない」

「かしこまりました」

優希が深く頭を下げる。

「それでは邪魔したな」

ルークはそう言うと優希の肩を抱き寄せた。

「待ってくれ！」

このまま消える気かと察し、望己は慌てて声を上げた。

「兄さんと話をさせてくれ。頼む」

このまま姿を消されたらおそらくもう二度と兄には会うことができないのでは。少なくとも兄はそのつもりだとわかるだけに望己はルークに縋《すが》らずにはいられなかった。

「優希は望んでいないようだがな」

しかしルークに望己の思いは伝わらず、淡々とそう言うとまた立ち去ろうとする素振りを見せる。

彼を留めるためには、と望己は必死で考え、声を上げ続けた。

「このまま被害者が増えれば、吸血鬼伝説に注目する流れになるかもしれない。なんなら俺がその流れを作る。そうすれば安穏としていられなくなるだろう」

「望己！　やめるんだ！」

ここで声を上げたのはルークではなく優希だった。

「私はそこまで狭量ではない」

一方ルークは苦笑したかと思うと、優希の肩から腕を解き、その背をすっと押す。

「話したいだけ話すといい。私は遠慮しよう」

そう言ったかと思うと不意に彼は姿を消した。

「ルーク様」

兄が名を呼んだあとに、溜め息を漏らし望己を見る。

「話はもう終わりだ。お前と僕はもう、住む世界が違う。お前は自分の人生を生きろ。僕のことはもう、忘れてほしい。十年前——いや、正確には十一年前に僕は死んだ。寿命はそこで尽きている。この顔を見てもわかるだろう？　お前は年をとるが僕はとらない。とれない。

人間ではないから」

「人間でなくてもいい。兄さんと一緒にいたいんだ」

「それは無理なんだよ」

優希はそう言うと悲しげな顔になり、ゆっくりと首を横に振った。

「どうして」

「……お互い、つらいばかりだ。我々の道はもう、交わることはないんだ」

優希の瞳は酷《ひど》く潤んでいた。泣くのを我慢しているのがわかるだけに望己は何も言えなくなり、ただ兄の顔を——十年前とまるでかわらぬその顔を見つめ続けた。

「どこにいてもお前の幸せを祈っている。ずっと見守っているから。十年後も二十年後も」

優希はそう言うと、続けて何かを言いかけたが、結局は何も言わず、唇を嚙み締めたまま、顔を伏せた。

「兄さん！」

次の瞬間、望己の目の前から兄の姿が消えた。

「兄さん！」

もう一度呼びかけ、周囲を見渡すも兄が再び姿を現すことはなかった。

これが今生の別れなのか。そのつもりだったから兄は自分を真っ直ぐに見据え、優しい言葉をかけてくれたのか。

『どこにいてもお前の幸せを祈っている。ずっと見守っているから。十年後も二十年後も』

今までのような拒絶ではないあたたかな言葉は兄が、自分との別れを悲しいものにしたくなかったからなのか。

「兄さん！」

またも呼びかけ、答えを待つ。

しかし室内はしんとしたままで、兄も、そしてルークも姿を現す気配はなかった。

「…………兄さん…………」

呟く望己の脳裏に、兄の潤んだ瞳の映像が蘇る。

今、兄は泣いていないといい。そう願いながら望己は込み上げる涙が頬に流れ落ちぬよう、指先で拭い続けたのだった。


翌日の捜査会議の席上では、今更のように『血を抜く』行為についての見解があれこれ語られることとなった。

吸血鬼伝説も話題になった。それを持ち出したのが小柳管理官であったため、一笑に付されることはなかったものの、会議の席上では随分と微妙な空気になったと望己は感じていた。

監察医の菊野の予想どおり、第三の事件の被害者の身元の判明は早かった。神田《かんだ》一樹《かずき》、二十一歳で、彼もまたゲイの出会い系サイトを使っていることがわかった。二番目の事件の被害者、山本との関係を調べるのと、出会い系サイトでのやりとりのログから事件当日神田と会った人間の身元を特定すると捜査方針は決まり、会議は解散となった。

望己は山本との関係について調べる班に回されたが、それよりも山本の『金ヅル』のほうが気になり、いつものように単独で動くことにした。

皆、決していい顔はしないが、望己が小柳管理官と親しいと知っているため、スルーされる。自由に動けるのは小柳のおかげと感謝しつつ望己は、山本の友人知人を片っ端からあたり、『金ヅル』になりそうな人間を探したが、コレという情報を得られないままその日の捜査を終えることとなった。

夜にも捜査会議が開かれたのだが、望己の予想どおり、山本と神田の関係性は、いまのところ何も見つからないという結論に達していた。

一方、一緒に発見された女性の遺体についても身元が判明し、吉祥寺在住の女子大生、沢《さわ》田《だ》美紀《みき》であることがわかったとのことだった。

やはり出会い系サイトで呼び出されたらしいというところまでは突き止められていたが、相手に関しては何一つ、ヒントすらも残されていなかったとのことで、明日からの捜査はその相手の特定に捜査員総出でかかることが決定し、会議はお開きとなった。

「望己君」

会議終わりに望己はまたも小柳に声をかけられた。

「はい」

「君、山本さんの身辺を洗っているそうだね。気になることはあったかい？」

単独捜査を叱責される覚悟を固めていたところ、笑顔でそう問いかけられ、望己は戸惑いながらも捜査内容を小柳に明かした。

「被害者が『金ヅル』扱いしていた人物がいることがわかり、事件との関係性を調べています」

「金ヅル？　それは気になるね」

小柳は最初、そう言ってはくれたが、「しかし」と首を傾げた。

「今までの被害者を見るに、無差別殺人の可能性が高いように思えるんだが、望己君はどう考えているのかな？」

「確かに、被害者同士のかかわりはまるで出てきていないので、無差別の可能性は高いと思います」

そう告げた望己に小柳が、満足そうに頷く。

「よかったよ。見解が一緒で。そもそも君が山本さんを気にしていたのは、被害者の中で彼が唯一男性だったからじゃなかったか？」

「はい。そうです」

「しかし神田さんが被害者に加わり、『唯一』ではなくなった。犯人にとっては被害者は男女どちらでもいいということがわかった。だとすると山本さんの人間関係を深掘りすることにさほど意味がないと思えるんだが」

「……そう……ですね」

小柳の言うことはもっともである。が、なぜか望己は彼の言葉に一抹の違和感を覚えていた。

それで返事が遅れたのだが、小柳は気にする素振りを見せずに、

「明日からもよろしく頼むよ」

と望己の肩を叩き、傍を離れていった。

「…………」

なんだろう。何かこう、不自然な感じがする。首を傾げていた望己に国立署の刑事課長が声をかけてくる。

「明日からお前は、沢田美紀さんの身辺捜査に回ってくれ」

「え？」

第三の事件の被害者だとすぐにわかったものの、なぜ今になって担当替えを、と望己は戸惑い、つい問い返してしまった。

「山本さんと神田さんについて調べよということだったかと思うんですが」

「小柳管理官の指示だ。女性被害者にもっと人員を割けという」

刑事課長の言葉を聞いたときにも望己の中に違和感が芽生えた。なんだろう、この感じはと己の胸に問いかける望己の耳に、先程聞いたばかりの小柳の声が蘇る。

『よかったよ。見解が一緒で。そもそも君が山本さんを気にしていたのは、被害者の中で彼が唯一男性だったからじゃなかったか？』

確かに、小柳の言うとおり、自分が山本に注目したのは、彼が唯一の男性だったからだ。しかしその後、第三の殺人が起こり、男性の被害者は二人になった。

これは果たして偶然なんだろうか。

意図的に男性が増やされた可能性はないか。すぐに増やさねばならないという事情があったからこそ、身元判明が容易な人間を選んでしまったと、その可能性はないだろうか。

考えすぎかもしれない。実際そうなのだろう。しかし気になるものは気になる、と望己はその後も一人の思考の世界に身を置き、己の覚えた違和感についてあれこれと深く考え続けたのだった。

7

翌日、望己は刑事課長の指示には従わず、山本の『金ヅル』についての聞き込みを続けることにした。

ゲイボーイ、マドンナに再び話を聞きに行き、山本と『金ヅル』を見かけた場所を詳しく問う。

「どこだっけな……」

最初は、結構前のことだし思い出せないと言っていたマドンナだったが、望己がしつこく食い下がると必死に記憶を辿ってくれた。

「あ、そうだ。ブルーノートよ。大手町に新しくできたでしょ。そこで見かけたんだったわ。アタシの友達が演奏したの。タカミーがジャズ好きなんて聞いたことなかったから、多分、金ヅルの趣味じゃないかしら」

「声はかけなかったんですよね」

昨日そう言っていた、と望己が確認を取るとマドンナは「ええ」と頷いたあと、

「そうそう！」

と何か思い出した様子となった。

「声かけようかと思ったのよ。でもタカミーが店の人と揉めてるみたいだったから、他人のふりしたんだったわ」

「それ、いつ頃だったか覚えていますか?」

揉めたのなら店員も覚えているかもしれない。そこに望みを繋ぐことにし、望己は詳細をマドンナに聞くとすぐ、大手町へと向かった。

「覚えてます。酒が服にかかったのでクリーニング代を請求されました」

対応したのは店長だったそうで、彼女はそのときのことをよく覚えていた。

「お客様が急に手を上げられたので、ウエイターがちょうどサーブしようとしていたシャンパンを零してしまったんです。演奏中でしたので声を抑えていただきたかったんですが、それがまたご不興を買ってしまったようで……」

クリーニング代をお支払いすると告げ、その場を収めようとしたのだと、うんざりした様子で語ってくれた店長に望己は、山本の同行者についても尋ねた。

「感じのいい人でしたよ。クリーニング代は自分が出すから静かにしなさいと注意もしてくれて」

「裕福なかたのようでしたか?」

望己の問いに店長は大きく頷いたあと、

「社会的地位も高そうでしたねえ」

と言葉を続けた。

「お連れの方は私どもからクリーニング代を取る気満々のようでしたが、連絡先をお聞きするとそのかたが断られたので。お支払いも現金でカードを使っていませんでしたし、身元を隠そうとなさってるのかなと思いました。邪推かもしれませんけど……」

「その人、顔を見たらわかりますか？」

「サングラスしていたし……あ、でも、時計は覚えてますよ。あれ、三千万以上するやつでした。日本で持ってる人、いるんだと驚きましたよ」

「三千万。そんなに高価な時計なんですか？」

「ロジェ・デュブイ。写真でしか見たことがなかったのでびっくりしました」

「……ありがとうございます」

そんな高級時計の持ち主であれば特定できるのでは。望己はそう思い、時計について詳細を店長に聞いた上で、販売店に話を聞きにいったが、国内での販売はないという結論に達した。

「コレクターの間で噂は回るので、仰《おつしや》った時計の持ち主についても聞いてみますね」

店員にそう言われ、望己は情報を入手次第すぐに連絡がほしいと頼んで店をあとにした。

しかし。と、今更の疑問が望己の頭に浮かぶ。

山本の『金ヅル』を特定できたとして、その人物が事件に関係している保証はない。まったく無駄なことをしているかもしれないとは思うが、どうにも望己は山本と、彼のパトロンのことが気になって仕方がないのだった。

その日の夜の捜査会議に望己は出席はしたが、自分の捜査状況については発表しなかった。その日のうちに被害者の身元は全員判明していた。が、それぞれの関係性はまったく見えてこなかった。

被害者それぞれが利用していたと思われる出会い系サイトもバラバラだった。男性二人と女性の一人は、出会い系で会った相手に金銭を要求することが多いという共通点はあった。明日からはそれぞれの被害者の身辺調査にかかるということで、捜査会議は早々に解散となった。

望己はやはり沢田美紀の担当となったが、今日と同じく指示は無視をし、山本の『金ヅル』の捜査を続けるつもりだった。

同僚たちの白い目を感じつつも我を通そうとしていた望己だったが、なぜか今回に限っては課長が口を出してきた。

「白石、明日は必ず吉祥寺に向かえ。捜査方針に逆らうようなら、捜査から外す。いいな?」

「……?」

今までが黙認されすぎだったと言われればそうなのだが、ここにきてなぜ厳しい指示となったのか。疑問を覚えたせいで答えが遅れた望己を睨み、刑事課長が言葉を続ける。

「今までは好き勝手にやらせてきた。だがそれではお前のためにもならないと小柳さんから言われてな。近々、お前を本庁に引っ張るつもりとも言っていた。そのためにも所轄での評判を落とすなだと。お前は本当に管理官の覚えがめでたいな」

羨ましいよ、と、嫌みっぽい口調で言いながら刑事課長が立ち去っていく。その後ろ姿を目で追いながら望己は、小柳がまた口を出してきたことに対し違和感を覚えていた。

いつか本庁に呼ぶとは前から言われていた。しかし、そのために勤務態度に気をつけろといった注意は今まで受けたことがない。

そもそも望己が刑事になったのは、幼い頃からの夢という以上に、失踪したままになっている兄の行方を捜したいという目的のためだった。警察組織の中で上を目指せば希望は通るようになる。そのためにも地位を目指せというアドバイスをくれたのは小柳で、望己は彼の言葉を信じ今まで捜査に邁進《まいしん》してきたのだった。

しかしここにきて思わぬ形で目標を達成してしまった。兄、優希とは全く予想しない形ではあったが再会できた。いわば根幹ともいうべき目標を失ってしまったこともあって、いよいよ本庁行きと言われても今一つ気持ちが上がらない。

それどころか、今更、とまで思ってしまっている。恩義を忘れたわけではないのだが、と望己は反省しながらも、それにしても、と首を傾げた。

いつになく小柳が介入してくる気がする。猟奇的な殺人事件であるので一刻も早い解決を望んでいるのだろうが、と、それらしい理由は思いついたものの、納得できるかとなるとやはり違和感は残った。

しかしそこまで言われて無視はできない。仕方がない、明日は女性の被害者の身辺を当たることにしよう。諦め、帰路についた望己だったが、寝る前にと冷蔵庫からビールを取り出し、飲み始めると、さまざまな思考が巡り、自然と溜め息が漏れる。

事件のことは勿論、昨日の兄とのやりとりを思い起こすとやりきれないものがある。せっかく会えた兄に、もう会わないと言われた。自分はもう十一年前に死んでいたはずなのだから忘れろと言われたが、忘れられるわけがない。

どうしたらいいのだ。普段であれば一人で悩むことはまずない。何かあれば——兄のことであればことさら、望己は倫一に相談をしてきた。

倫一は常に頼もしかった。共に悩み一番いいと思われる道を選ぶ手助けをしてくれる。しかし今、彼に連絡を取ることはさすがに躊躇《ためら》われる。

飲み干したビールの缶を、望己は手の中でぐしゃりと潰した。

『俺は……お前が好きだ』

思わぬ告白だった。ずっと好きだった。しかもその『好き』は肉欲を伴うものだという。

なぜ今、唐突に、と驚くばかりで、あれ以来一度も連絡を取っていない。

自分にとっては倫一はかけがえのない親友であり、決して失いたくない相手ではあった。友人としては当然好きだ。家族同然といってもいい。しかし肉欲となると、どうだろう。

意外過ぎて、どう対応したらいいのかがわからない。しかし彼の気持ちを思うと何か――答えとか、リアクションとかを返すべきであるということはわかる。

どう答えればいいのだろう。

気持ちは嬉しい。でも、その気持ちには答えられない――とか？

『気持ちが悪い』

あの言葉についても説明させてもらいたい。倫一が気持ち悪かったわけではないのだ。切り出し方は難しいが。

「…………」

もう一缶、飲もう。

答えはやはり見つからない。酒を飲んだところで見つかる気もしないのだがと溜め息を漏らし、キッチンの冷蔵庫に向かう。ビールを取り出し、再びダイニングに戻った望己は、ダイニングテーブルに座るルークを見て驚いたあまり、缶を落としてしまった。

「やあ。事件はどうなった？」

「なんなんだ、お前は……っ」

これでは開ければ泡が噴き出す。驚かせやがってと内心悪態をつきつつ望己は落とした缶を拾うと再びキッチンに引き返し、自分の分とルークの分と、二缶を手にダイニングへと戻った。

「飲まないんだったか」

歓迎しているわけではないが、一人で飲むのは躊躇われ、銀色の缶を差し出す。

「ありがとう。いただこう」

ルークは笑顔で手を伸ばし、望己の手から缶ビールを受け取った。望己もまた彼の前に座り缶を開ける。

「乾杯」

「……乾杯」

こうして向かい合い、共にビールを飲むような仲ではないはずなのだが。さすがに何度も顔を合わせているからか、最初に会ったときの驚きが薄れているのが自分でもわかる。

「兄さんは？」

一人で来たのだろうか。兄は？　と問いかけるとルークは、肩を竦めた。

「お前に会いたくないと言って来なかった」

「………………」

会いたくない。ショックを受け、黙り込んだ望己を見て、ルークがまた苦笑する。

「兄弟だからか、似てるな」

「え？　兄と俺が？」

似ていない兄弟としか言われたことがない。年齢も離れているし、と首を傾げた望己に、ルークが笑いかけてくる。

「顔立ちもだが、表情が似ている。優希も落ち込むとそうして子犬のように項垂れるのだ」

「そう……ですか」

兄の仕草と自分の仕草が似ているというのは意外だった。自分にとっての兄は大人だったのに、今は自分のほうが年上に見える。

兄とこうしてビールを飲んだこともない。なのに、会ったばかりの彼とは——しかも吸血鬼とはこうして酒を飲んでいる。

不思議だ。もう、兄とは会えないかもしれないのに。

「……泣くな」

「泣いてない」

言い返したが、胸が熱く滾《たぎ》っているのは事実で、望己は顔を伏せた。

「優希も泣いている。お前と会ってからずっと」

「兄さんが？」

どうして、と身を乗り出した望己の胸から泣きたい気持ちは失《う》せていた。

「何をした!?」

「何もしていない。嬉しかったんだろう。お前と会えて」

「嬉し泣き？」

それなら『ずっと』は泣かないのではと眉を顰め聞き返す。

「その顔も似ている」

ルークはそう言うと望己に向かい、すっと手を差し伸べてきた。

「なんだ」

「お前と会えたことは嬉しかった。だが二度とお前と会うまいと決意したことは悲しかった。そういうことだろう」

「……会えばいいじゃないか」

そうも嘆いているというのなら、と思う望己の口からその言葉が漏れる。

「今はいい。だがお前は年をとっていき、自分は永遠に年をとらない。死にもしない。それを見るのも見せるのもつらいということだろう」

「…………」

ルークの言葉には説得力があった。望己としてはそれでも兄と会いたいと願うが、兄はそれをつらいと思う。

弟の老いも、そして死も、受け入れなければならないというのは、確かにつらいことかもしれない。考え込んでしまっていた望己にルークが声をかけてくる。

「ところで今日は彼はいないのか」

「彼？」

問うてから望己は、ルークが倫一のことを言っていると察した。

「ああ。事件の捜査は彼のほうが進んでいそうだったからな」

「倫一は事件について調べているのか？」

問いかけた望己を見て、ルークが意外そうな顔になる。

「連絡を取り合っていないのか」

「ああ、まあ……」

言い淀んだ望己を見てルークは何かを言いかけたが、思い直したのか話題を変えた。

「事件についてはどうだ？」

「吸血鬼の仕業と思っている人間はいない」

聞きたいのはそこだろう、と望己が告げるとルークは満足そうに頷いた。

「やはり杞憂か。それならいい。しかし狙っていないのならなぜ血を流すのか。もしや他に目的があったのかもしれないな」

「……他の目的……」

あるとしたらなんだろう。首筋を傷つけ、血を流した理由——自然と己の首筋に手をやっていた望己の頭に、そして身体に、倫一に組み敷かれ首筋を舐められたときの記憶が蘇る。

「……っ」

今はそんなことを考えている場合ではない。思考を切り換えようとしていた望己にまた、ルークが声をかけてくる。

「それにしても警察の捜査は本当に手ぬるいな。六人も被害者を出してまだ犯人の特定もできないとは」

「それはもう、一言もない」

ようやく被害者の身元が割れたが、それぞれの繋がりはまるで見えてこない。確かに『手ぬるい』と言われても何も言い返せない、と望己は俯く。

「あの男に情報を共有してもらうといい。警察より余程優秀だ。それではな」

ルークがそう告げたと思った次の瞬間、彼の姿が視界から消えた。

「え？」

これもまた目くらましか、と望己は暫《しば》しその場で呆然としていたが、今、ルークから告げられた言葉を思い起こし、またも深い溜め息を漏らした。

ルークによると、あの男——倫一は何かを突き止めているようだ。勿論聞きたい。しかし何事もなかったかのように連絡を入れることはさすがにできない、と首を横に振る。

ルークの言うとおり、倫一の捜査能力は警察の数段上をいく。凌駕《りょうが》しているといってもいい。もしも彼が刑事になったとしたら、自分などとは比べものにならないくらいの検挙率を誇ることになっただろう。しかし倫一が決して刑事にならない理由もまた、望己はよく知っていた。

倫一の父親、財前雅夫《まさお》は総理大臣をも務めたことがある著名な代議士の第一秘書だった。代議士に不正献金疑惑が持ち上がった際、代議士は倫一の父親である第一秘書の独断でなされたことだと犯行を否認、倫一の父は警察の事情聴取を待たずに自殺した。

倫一は父親の無実を信じていた。望己も倫一の父をよく知っていたが、自ら命を断つような人物とは思えなかった。父の死後、倫一の母は心労で倒れ、そのまま帰らぬ人となった。倫一は必死で警察に、父は自殺ではなく他殺であるので捜査をしてほしいと訴えかけたのだが、相手にされることはなかった。

倫一のもとには心ないマスコミが殺到し、一挙手一投足にフラッシュが焚《た》かれる毎日が続いた。倫一の母の弟、彼にとっては叔父《おじ》にあたる男が当時米国に住んでいたのだが、見かねて倫一を自分のもとへと呼び寄せ、倫一はそれから五年後、叔父が亡くなるまで彼のもとで過ごしたのだった。

望己も倫一も、十九歳になったばかりだった。望己は倫一の力になりたいと願い、父が亡くなってから何かと気にかけてくれていた小柳に相談もした。倫一を紹介もしたのだが、小柳は倫一の話に耳を傾けてくれたものの、倫一の父を他殺として捜査することはかなわなかった。

「代議士が圧力をかけているんじゃないですか。警察にも、マスコミにも！」

結局、自殺という結論を下されることになったとき、倫一は小柳にそう食ってかかった。

「否定はしない。本当に腐っていると思う」

小柳もまた悔しそうにしていたが、彼も腐った警察官の一人じゃないかと、二人になったとき倫一は望己にそう憤ってみせたのだった。

倫一の叔父は米国で私立探偵をしていたとのことで、倫一は彼の助手を務めながらノウハウを学び、叔父の死をきっかけに日本に戻ってきた。

警察への恨みと不信感は根深く、冤罪《えんざい》を被っている人間を救いたいという目的で、帰国後彼は探偵業を始めたのだった。

望己が刑事という職業を選んだことに関して、倫一は何も言わなかった。

「刑事は信頼できないが、お前は親友だからな」

別の話だ、と倫一は笑い、二人の友情に罅《ひび》が入ることはなかったのだが、そもそも『友情』ではなかったのだった、と、望己の思考はここでまた、倫一からの告白へと戻ることになった。

愛情――なのだろうか。いつからだ？　倫一がアメリカに行っている間こそ、物理的な距離があったが、それ以外は二十年以上、常に傍にいて支えてくれているし、自分も支えたいと願っていた。

心から信頼している友であり、なんの疑いもなく一生付き合っていくのであろうと信じていた。その彼が自分に対し抱いていたのが友情ではなく愛情であったと今更知らされても、どう対応したらいいのかわからない。

ただ、誤解だけは解きたい。『気持ちが悪い』というのは言葉のあやだったと。彼に『好きだ』と言われたことが気持ち悪かったわけではない。キスをされたり、首筋を舐《な》められたり、それにシャツをはだけさせられた行為に関しては、ただただ驚いた、それだけだ。

決して傷つけるつもりはなかったのだ。悲愴感漂う倫一の顔を思い起こす望己の唇からは また、堪《こら》えきれない溜め息が漏れていた。

後悔しているのなら、すぐに謝ればいいし、誤解を解けばいい。しかし倫一に連絡を入れるとなると、彼の気持ちをどう受け止めるかということに対して、何かしらの答えを告げる必要があるのではとなかなか電話をすることができない。

嫌悪感はない。しかし彼の気持ちに応えるかとなると、途端に困ってしまう。

友達として付き合い続けるというのは駄目だろうか。またも望己が深い溜め息を漏らしてしまったそのとき、スマートフォンが着信に震え、誰からだと画面を見た。

もしや倫一か、と思ったのだが、画面には見覚えのない携帯番号が浮かんでいた。誰だろうと思いはしたが、取り敢えずは出てみるかと望己は相手に呼びかけた。

「はい」

『あ、刑事さんですか？　白石さんの携帯であってます？』

「はい、白石です」

この声は確か、高級時計の取扱店の店員ではないか。もしや『金ヅル』の身元が割れたのかと、望己の緊張が一気に高まる。

『わかりましたよ。例の、三千万の時計の持ち主。日本国内には二つ、入ってきているそうです。一つは熊本の資産家、もう一つはなんと、警察のかただそうですよ』

「え？　警察？」

刑事が三千万の時計を？　ちょっとイメージが湧かない、と問いかけた望己に店員が電話越し、言葉を返す。

『はい。時計コレクターとして有名な方です。キャリアっていうんですか？　社会的地位も高ければ収入も高いのは実に羨ましいですね。他にも多数、高額の時計をお持ちだそうですよ』

「その人の名前、わかります？」

キャリアにしても、三千万もの時計を買えるような財力を持つ人間は限られてくるように思う。望己としては店員に聞いたとはいえ、名前までわかると期待はしていなかった。

『はい、わかります』

それゆえ彼がそう告げたことには驚き、思わず声を上げてしまった。

「わかるんですね?」

『はい。裏にイニシャルの刻印を刻まれたときの引換証が残っていたそうなので間違いはないかと』

「なんという名前ですか?」

三千万もの時計をぽんと買えるような人物、しかもキャリア。世間的な知名度はともかく、警察組織内では有名なのではないかと望己はそう考えた。

どの世界よりも縦社会といわれることの多い警察組織内でキャリアに対して捜査を行うなど、決して容易《たやす》いものではないことは、望己も認識していた。

名前を聞いたらまずはどういった人物であるかを確かめる。接触は困難だろうから、小柳に協力を求めるしかないか。被害者とかかわりがあるといえば、小柳も動いてくれるのではないか。咄嗟にそう考えていた望己は、電話から聞こえてきた名前を聞き衝撃を受けることとなった。

『小柳龍聖様。イニシャルR・K。お父様も時計のコレクターとして有名だったそうです』

「小柳……え……?」

今、望己の頭は真っ白になっていた。

被害者、山本と小柳の間に関係があった? 彼の言う『金ヅル』が小柳だったというのか?

到底信じられない。それで望己は思わず店員に確認を取っていた。

「間違いありませんか?」

『ええ、そう聞きましたが……?』

店員の訝しそうな声を聞き、望己は我に返った。

「申し訳ありません。ありがとうございます。大変助かりました」

礼を言い、電話を切ったものの、未だ望己は混乱したままだった。

しかし。落ち着いてくると、今まで抱いていた違和感が一気に解決していくのも事実で、そのことに慄然とする。

小柳は山本との関係を隠したかった。それで自分を山本の捜査から外そうとしたのだ。そういうことだったのか、と納得したと同時に望己は、果たして小柳が隠したかったのは被害者との関係だけだろうかという考えに達し、またも慄然とした。

小柳が事件とかかわりがあろうはずがない。被害者の一人がたまたま自分が懇意にしていた男だっただけのことだ。彼の地位を思えば、同性の恋人がいるだけでなくその男に『金ヅル』扱いされていることが世間に知られるわけにはいかないと、隠蔽に走る気持ちはわかる。

だからこそ、捜査会議で『吸血鬼』などという突拍子もない可能性を言い出したのだろう。

一連の殺人の被害者は無差別に選ばれたもので、犯人は、それぞれの被害者を殺す動機を持っていたわけではないと、そう強調するために。

動機――。小柳には山本を殺す動機があったのだろうか。

関係が良好であれば、山本の存在は世間から秘匿していればすむはずだ。しかしもし関係が破綻していたら？

「……いや、あり得ないだろう」

言葉に出しているのは、疑念を払拭できないからだという自覚が望己にはあった。それなら確かめるしかない、と一人頷く。

さすがに小柳が一連の事件の犯人であるとは思えない。それこそ彼の社会的地位を思えば、殺人などというリスクを冒すだろうか。しかも山本一人ではなく、六名もの人間を殺害するとは。サイコパスとしかいいようがない。

小柳には長年世話になっている。新人の頃、父の部下だったというが、それだけの繋がりであるというのに、身寄りのなくなった自分を気遣い、あれこれ世話を焼いてくれた。そんな情に厚い人が殺人鬼であるはずがない。

確信はあるが、確認すればより信頼は確固たるものになる。山本との繋がりを隠したかっただけだという言葉を本人から聞くことができれば、望己もその希望どおり、到達した二人の関係を他の人間に明かすようなことはすまいと決めていた。

自分にまで嘘をつくようなら、高価な時計のことを話す。三千万の時計、しかもイニシャル入りとなれば、偶然他人と被っただけだという言い訳は通用しない。

時計を見ると深夜一時を回っており、さすがに遅すぎるか、と望己は躊躇った。だが、明日にすれば眠れぬ夜を過ごすことになる、と、電話をかけてみることにする。

寝ているようなら、明日話したいことがあると言って切ろう。起きていたら話をしてみる。そう思いながら望己は小柳の番号を呼び出し、耳に当てる。

ワンコール。ツーコール。

『どうした？　望己君』

寝ていた気配はない。笑みを含んだ小柳の声が電話から響いてくる。

「あの……夜分、申し訳ありません。お話があるのですが」

どう切り出せばいいのか。考えていたはずなのに実際声を聞くと何も頭に浮かばず、望己はそこで絶句してしまった。

『話？　何かな？』

「その……」

言い淀む望己の耳に、小柳の苦笑が響く。

『酔っているのかい？　君から電話が来るなんて珍しいな。話というのはプライベートのこと？　それとも事件に関すること？』

「……っ。はい、実は……」

幸い、小柳のほうから話題を振ってくれた。それでようやく思い切りをつけることができ、口を開いた。

「事件のことで、小柳さんにお伺いしたいことがありまして……」

『私に？　なんだい？』

小柳の声音に変化はない。山本のことを持ち出されるとは思っていないのか。それとも予測しているのか。どちらとも判断がつかないが、と、望己は言葉を続ける。

「被害者の一人、山本さんについてです。もしや小柳さんは、山本さんをご存じだったのではないですか？」

『………』

小柳が電話の向こうで黙り込む。しかし、動揺している様子はない。説明の仕方を考えているのだろうかと、望己は電話を握ったまま小柳の出方を待った。

『それには少々事情があってね。それを説明したい。が電話はちょっと。そうだ、これから行ってもいいかい？』

暫しの沈黙のあと、小柳が問いかけてくる。彼の声音はやはり落ち着いており、いつもの彼とかわったところは感じられなかった。

「俺が行きましょうか？」

来てもらうのは申し訳ないと思いそう告げると、

『家族がもう寝ているからね』

と返され、逆に迷惑になるかと納得した。

「お待ちしています」

小柳は毎年父の命日には花を贈ってくれるだけでなく、身体が空いているときには仏壇に手を合わせにも来てくれていた。都心に住む彼にとっては決して近いとはいえない場所であることを申し訳なく思いつつも望己は彼の来訪を受け入れる返事をし、電話を切った。

『事情』というのはなんなのだろう。どういった説明をする気なのか、まるで予想が立たない。言い訳めいたことを一切言わなかったところをみると、納得できる内容なのかもしれない。

こういうときこそ、意見を聞ければよかったのに、と望己が頭に思い描いていたのは倫一の顔だった。

さすがに頼ることはできない、とすぐさま望己は倫一の頼もしすぎる顔を頭の中から消し去ると、なんにせよ、あれこれ想像したところで、一時間もすれば正解が本人の口から語られるのだ、無駄な思考はやめにしようと頭を切り替える。

小柳を迎えるべく雑然とした状態になっていた部屋を片付けることにしようと動き始めた望己の脳裏には、消し去ったはずの倫一の顔が未だ宿り続けていた。

8

約一時間後、外に車の停《と》まる音がした直後に、インターホンが鳴った。

「どうぞ」

小柳が車で来ることを、望己は想定していなかった。彼が望己の家に来るときは常にタクシーだったからだが、それは望己の父に手を合わせたあと二人で父の思い出話をしながら酒を酌《く》み交わすことが多かったからか、と、思いつつ、リビングダイニングに小柳を通す。

「ビールを用意していたんですが、何を飲まれますか？」

望己が問うと小柳は、

「いや、おかまいなく」

と言ったあと、少し考える素振りをしてから笑顔となった。

「久々に二人でこうした時間を取ることができたことだし、飲むことにしようか」

「しかし……」

車はどうするのだと躊躇っていた望己に小柳が、

「代行業者に頼むから大丈夫だ」

と頷いてみせる。

「わかりました」

酒が入ったほうが話し易《やす》いということだろうか。望己としても切り出しやすい、と、冷蔵庫から缶ビールを取り出すと、小柳を座らせたダイニングテーブルへと戻った。

「何かつまみを用意します」

望己はそう言ったが小柳は「おかまいなく」と微笑み、ビールを受け取った。望己もまた彼の前に座り、缶を差し出してきた小柳に向かって缶を差し出す。

「山本の話だったね」

一口飲むか飲まないかのうちに小柳はそう言うと、まっすぐに望己を見据えてきた。望己もまた缶ビールをテーブルに置き、小柳を見返す。

「君が突き止めた、山本と私の関係を教えてもらえるかい?」

小柳はにこやかに微笑んでいる。あまりにいつもどおりであることに幾許《いくばく》かの違和感を覚えつつも望己は、小柳の指示に従い捜査の結果を話し始めた。

「山本にパトロンがいるという情報を得たのでその人物について聞き込みをしたところ、高価な時計をしていたとわかりまして」

「詳しく説明してくれるかい? 誰に聞き込みをして、誰からどういう情報を得たかという」

ここで小柳が口を挟んでくる。詳細を語ってほしいということだが、何を聞きたいのだろうと疑問を覚えたものの、指示通りに望己は、山本の以前のもと勤務先の顧客を経由し、『ブルーノート』系列のレストランの店長から時計に辿り着いた経緯を細かく説明した。

「なるほど。確かに時計は独特のコミュニティがあるからね。さすが望己君、着眼がいいね」

話を聞き終えると小柳は感心したように頷き、望己を賞賛してくれた。

「ありがとうございます」

礼を言ったあと、望己はこのあといよいよ小柳から説明があるのだろうと思い身構えた。

「すまないが、水を一杯、貰《もら》えるかな」

と、小柳がそう頼んできたので、望己は「はい」と頷き、席を立った。

「悪いね」

小柳もまた立ち上がり、望己のあとに続こうとする。

「どうぞ、座っていてください」

望己が振り返りそう告げようとしたとき、脇腹のあたりに何かを押し当てられたと同時に強い衝撃を受けた。

「……っ」

スタンガンを食らったのだと理解する間もなく、望己はその場に倒れ込み、そのまま気を失ってしまったようだった。

「う……」

望己が目覚めたのは、薄暗い室内の薄汚れた床の上だった。後ろ手に縛られていることに衝撃を受けると同時に、気を失う前の記憶が蘇る。

どう考えても自分をこのような目に遭わせたのは小柳である。その理由は、と、思考を巡らせようとした望己の耳に、いつもとまるで変わらぬ優しげな小柳の声が響く。

「目が覚めたかな？　手荒な真似をして申し訳なかったね」

「小柳さん……」

自分の目で見て、そして耳で聞いても尚、信じられない。どういうつもりなのかと望己はなんとか身体を起こそうとしながら、すぐ前に立った小柳を見上げた。

「私もこんなことはしたくなかったんだよ。何せ君は大恩のある白石警部補の息子さんだ。私の言うことを聞いて、山本の捜査なんてやめてくれていれば、こんなことはしないですんだのに。本当に残念だよ」

「どういうことです？　まさか一連の事件の犯人が……」

小柳だというのか、と、望己は驚愕のあまり声を失っていた。

「なんだ、そこは気づいていなかったのか。ああ、私が隠そうとしたのは、山本との関係だけだったと、そう思ってくれていたんだね。なんだ、ちょっと先走りすぎたか」

小柳が苦笑し、肩を竦める。その様子もあまりに普段どおりであり、望己の背筋に冷たいものが走った。

「しかし優秀な君のことだ。言いくるめたところできっと真相に辿り着いてしまっただろう」

「真相というのは、一連の殺人を犯したのはあなただと、そういうことですか？」

確認を取る声が震えてしまう。今まで自分が見てきた小柳は虚像だったというのだろうか。思いやりに溢《あふ》れる人格者。キャリアであるのに偉ぶろうともせず、常に優しく接してくれていた。

殉職した父への尊敬の念を語る小柳の瞳は輝いていた。君も父のような刑事になるといいと言ってくれたその言葉に嘘はなかったはずである。

なのになぜ、と望己が見つめる先、小柳は微笑んだあと少し屈《かが》み込むようにして望己の腕を掴むと起き上がらせてくれた。

「…………」

果たして答えは。罪を認めるのか、と尚も見上げる先、小柳が笑顔のまま口を開く。

「仕方がなかったんだよ。タカミは私が警察のキャリアとわかると金銭を要求してきたんだ。私としてはショックだったよ。彼を愛していたのに。ねえ、望己君、愛ってなんなんだろうね」

「他の犠牲者もあなたが殺したんですね？」

少しも悪びれることなく肯定する小柳に対し、望己の中に強烈な嫌悪感が生まれつつあった。

「木を隠すなら森の中というしね。動機を隠したかったんだ。頭のおかしな猟奇殺人犯が、出会い系サイトで出会った男女を惨殺した、というていでいきたかったんだよ」

「本気ですか」

なんだ『てい』というのは。冗談でも許されない発言だろうと望己はつい非難の声を上げていた。

「望己君、君、今まで死体をどのくらいの数、見たことある？　私は現場にいたのはごく短い間なもので、君のお父さんしか見たことないんだ」

「は？」

何を言い出したのか。しかも父を話題にするとは。不快でしかない、と眉を顰めた望己に対し、うっとりとした表情となりながら小柳が話し始める。

「映像ではなく、人が死ぬところをこの目で見られるなんて。夢のようだった。君のお父さん、犯人に滅多刺しにされて、瀕死の状態だったところに駆けつけたんだけど、なんていうのかな……本当にゾクゾクした。血がね、すごく流れていたよ。ああ、これは死ぬなってくらい。まだ生きていたのが奇跡っぽかった。そうそう、息子を頼むって言われたんだ。今際《いまわ》の際の願いだからね。もちろん聞いたよ。随分手厚くしてあげたつもりだけど、感じてくれていたかな？」

「……感謝はしている。しかし……」

父親の死について『ゾクゾクした』と言われたことは捨て置けない、と小柳を睨む。

「父の死をそんなふうに言われるのは心外です」

「それは申し訳なかった。でも本当にゾクゾクしたんだよ。それ以来、死体を見たことがなかったから、実はちょっと楽しみではあったんだ。死体もだけど、人が死ぬ瞬間を見られることが」

「……っ」

本気で言っているのか。冗談にはとても聞こえない。まさかそれだけで人を六人も手にかけたというのか、と望己はただただ信じがたい思いを胸に小柳を見つめた。

「仕方がなかったんだ」

望己の視線を非難の表われととったらしい小柳が、また言い訳めいた言葉を口にする。

「数回金を渡したけれども、金額が上がるばかりで終わりが見えなくてね。もうこれは殺すしかないと思った。となるとやはり、猟奇殺人を狙うしかないだろう？　でもね、あとから反省した。殺したあと、見つからないところに捨てればよかったんだ。彼が行方不明になったところで親身になって捜してくれる人間はいなかっただろうから」

ここで小柳は望己に向かい、にっこり笑ってみせた。

「君もだね、望己君。君が行方不明になったところで、親身になる人間はいない。私くらいなんじゃないかな？」

「殺す気ですか」

確認を取る必要もない。スタンガンで気絶させられ、今、身の自由を奪われている。殺さないわけがないとはわかっていたが、信じがたいという気持ちが先に立っていた。

「殺したくはないよ。でももう、あと戻りはできない。まさか、私が犯人ということを誰にも言わないから見逃してくれ、なんて言わないよね？　君のような正義感の塊の刑事が。たとえそう言ったところで、信用できない。君がいつ喋《しゃべ》るかと、びくびくしながら日々を過ごすなんてご免だ。悪いが死んでもらうよ」

小柳はどこまでも『いつもどおり』だった。サイコパス、という単語が望己の頭に浮かぶ。彼がサイコパスだったとは、まったく気がつかなかった。自分の人を見る目のなさが情けなくなる、と落ち込みそうになっていた望己だが、命が失われようとしている今、落ち込んでいるわけにはいかないと、なんとか生き延びる道を探そうと必死で頭を働かせた。

とにかく時間稼ぎを。それしか頭に浮かばない、とそれもまた情けなく思いながら小柳に問いかける。

「ここはどこなんです？」

「奥多摩だ。このあたりは空き家が多くてね。その中の一軒だよ。今まで、ここで遺体の血液を抜いていた」

言いながら小柳が視線をドアへと向ける。

「作業は浴室でしていた。そのドアを出たところだ」

「なぜ、血を抜こうと思ったんです？　吸血鬼伝説を狙ったんですか？」

「捜査会議では誰も食いついてくれなかったね」

望己の言葉に、小柳は苦笑してみせた。

「無差別的な殺人、しかも猟奇的な。そうした趣味を持つ人間の仕業だと思い込ませようとしたのもあるんだけど、実は殺す前、タカミを抱いたんだが、そのときいつもの癖で首筋を噛んでいたんだ」

「……は……？」

性癖か。聞きたくもない、と望己は思わず声を漏らしたのだが、続く小柳の言葉を聞いて更に嫌悪を抱いたのだった。

「万一、私のＤＮＡが残っていたらどうしようと不安になって、噛んだところを切り取ってしまおうと思ったんだ。それで大量の血が出た。それを見たとき、やっぱり死体には血が似合うなあと思ったんだよ。君のお父さんを思い出した。大量の血だまりの中で死んでいたなと」

「充分、猟奇的ですね」

思わず吐き捨ててしまってから望己は、小柳を刺激すべきではないかと口を閉ざした。

「大丈夫。なんにせよ、間もなく君は死ぬんだから。何を言われても怒ったりはしないよ」

望己の心を読んだかのようなことを言い、小柳が笑いかけてくる。

「さて、夜明け前にはすべて片付けたいから。死体の始末について、色々考えたんだよ。土の中に埋めるのがいいかとか、重しをつけて海に捨てるのがいいのかとか。でも発見されないという保証はないだろう？　だからいっそ、この家で殺して、火をつけるのはどうかと思いついたんだ。すべて燃えてしまえば今までの犯行の証拠も消滅させられる。燃えあとから君の遺体が発見されるが、身元は判明するかな。骨しか残ってなかったら難しいよね。君、歯医者には滅多にかからないって前に言ってたし。君が行方不明になったことと、焼死体が君であることはなかなか結びつかないだろうしね。ああ、そうだ。君を犯人にするのもいいかもね。うーん、ちょっとリスキーかな。やはり身元不明の死体ということにしたほうがよさげだよね」

言いながら小柳がシュルリ、と締めていた己のネクタイを引き抜く。それで首を絞める気かと察した望己は、なんとか生き延びたい、と必死で言葉を発した。

「待ってください。俺が行方不明になったら、俺が何を捜査していたかが調べられるんじゃないですか？　結果、高級時計専門店の店員に行き着くのでは？」

「その辺は大丈夫。行き着きそうになったら妨害するよ」

「しかし店員は疑問に思うんじゃないですか？　なぜ俺が時計の持ち主を探していたかということに」

「君から受けた報告によると、時計店の店員には事件のことを話していないよね。持ち主が誰かを聞き出すために敢えて伏せたんだろう。だからこそ、店員は私の名を告げた。さすがに彼も、君がタカミと一緒にいた男を捜していたとは気づかないだろうし、君が聞き込んだ他の相手も時計の持ち主について、興味を持つことはないだろう。持ったところで探しようはない。店員も刑事相手でなければ顧客情報は流さないからね」

自分で自分の首を絞めていたとはと望己は絶望的な気持ちになった。せめて身の自由がきけば抵抗もできようが、後ろ手に縛られ、膝と足首もしっかりロープで括《くく》られているこの状態ではそれもかなわない。

ここで死ぬのか。犯人を目の前に。今までの人生が走馬灯のように望己の中で巡る。

十年ぶりに兄に会えた。心残りがなくなったといえばそのとおりなのだが、だからといって死にたいわけではない。

生きたい。小柳のような犯罪者の手にかかって命を落としたくない。彼のような犯罪者を逮捕することに生きがいを感じてきた。このままみすみす、死にたくはない。

それに——。

望己の頭に、不意に倫一の顔が浮かんだ。

まだ彼に、『気持ちが悪い』は誤解だと告げることができていない。

このまま——拒絶したと勘違いされたまま別れるのは嫌だ。

死にたくない。絶対に、と望己は小柳を睨んだ。

「そんな顔をしても無駄だよ。君はここで死ぬんだから」

小柳は望己ににっこりとまた微笑むと、ネクタイを手で扱《しご》くようにしながらゆっくりと歩み寄ってくる。

「他の犠牲者は刺殺だったよな？」

時間稼ぎだとわかっていたが、黙って殺されるよりは、と望己は小柳に問いかけた。

「ああ、皆、スタンガンで気絶させている間に胸を刺した。君も刺殺がいいかな？　首を絞めて殺すというのもやってみたかったんだ。うん、そうだね、絞殺は君の綺麗な顔が歪むかな。刺殺にするか」

小柳がネクタイをスーツのポケットに仕舞うのを見て、望己は安堵の息を吐いた。

「ナイフを取ってくる。待っていて」

しかし笑顔でそう告げられ、絶命の時間が少しだけ延びただけか、と絶望する。

「浴室にあるんだ。君の血はさぞ綺麗だろうな。実に楽しみだ」

ドアノブに手をかけた小柳が望己を振り返り、本当に楽しげな口調でそう告げる。

「血まみれの君を堪能したあと、この家に火をつけることにしよう。大丈夫、絶命しているのを確認してからにするから。焼死はキツそうだしね」

「………」

刺殺だって充分キツいだろう。悪態をつこうと望己が口を開きかけたそのとき、小柳が開けようとしていたドアが勢いよく開いたため、小柳は室内に飛ばされた。

「痛っ」

何が起こっているのか、咄嗟に判断がつかなかった望己に向かい、物凄《ものすご》い勢いで部屋に飛び込んできた男が叫ぶ。

「望己！」

「倫一……？」

なぜ、彼が。この場に現れたというのか。啞然としていた望己だったが、自分に駆け寄ろうとする彼に向かい、体勢を立て直した小柳が飛びかかってくるのを目の当たりにしては声を上げずにはいられなかった。

「倫一、後ろ！」

「……っ」

倫一がはっとした様子となり、振り向こうとする。が、それより早く小柳はポケットから取り出していたネクタイを倫一の首にかけ、一気に絞め上げようとしていた。

「倫一！」

隙を突かれた形となった倫一は今や床に沈んでいた。小柳が彼に馬乗りになり、首を締め続けている。

「倫一！」

なぜ彼がこの場に現れたのか、理由を聞くより前にまさに命を奪われそうになっている。救いたいが手足の自由を奪われているこの状況では、声を上げることしかできない。

「彼は無関係だ！　殺さないでくれ！」

「望己君、こいつは君のストーカーかい？　どうやってこの場を突き止めたんだか。GPS情報でも取得されているんじゃないのか？」

気をつけたほうがいい、と笑いながら小柳が倫一の首を絞め上げる。

「やめてくれ！　彼は関係ない！」

目の前で倫一が殺されようとしている。なんとしてでも助けたい、と望己が叫んだそのとき、不意に部屋の中で雷鳴が轟《とどろ》いたと同時に、目を開いていられないほどの強い光に覆われた。

「な……っ」

何が起こっているのか。部屋の中に雷が落ちるなど、あり得るのか、と唖然としていた望己に目の前に現れたのは——ルークだった。

「望己！」

彼の背後から駆け寄ってきたのは優希で、ますます状況が把握できず、声を失っていると、ルークが呆《あき》れたように喋り始めた。

「命を救ってくれた相手に対して、礼の一つも言ったらどうだ?」

「あ……ありがとうございます」

確かにそのとおりだ、と頭を下げた直後、我に返った望己は、まず倫一の無事を、と室内を見渡した。

「倫一!」

部屋の隅で倫一は、小柳と重なるようにして倒れている。

「待って。今、縄を解くから」

焦った声を上げた望己は、優希にそう言われ、視線を兄へと向けた。

「ありがとう、兄さん」

「…………」

無言のまま兄は望己の腕と足の縄を解くと、立ち上がって望己を見下ろした。

「立てるか?」

「立てる……と思う」

床に手をつき、立ち上がろうとすると、優希は望己の腕を摑んで立つのを助けてくれた。

「ありがとう」

「……望己が無事でよかった」

安堵した表情となった優希に望己もまた笑いかけたが、倫一のことは気になり、

「ちょっとごめん」

と優希に声をかけたあとに、彼へと駆け寄っていった。

「倫一！」

「気を失っている。もう一人もな。彼が猟奇殺人の犯人か」

ルークが淡々と告げるのを聞き、望己は彼を見やった。

「助けに来てくれたのか？」

「優希を泣かせたくないからな」

ニッと笑ったルークが、目で小柳を示す。

「今のうちに手錠をかけておいたらどうだ？」

「あ、ああ。そうだな」

とはいえ手錠は持っていない。それで望己は小柳が握っていた彼のネクタイで腕を縛ったあと、自分を縛り上げていたロープで足首と膝を縛り、自由を奪うことにした。

「もうすぐ夜が明ける。優希、帰ろう」

ルークがちらと窓の外を見やったあと、優希に声をかける。

「……はい」

優希が頷き、ルークに歩み寄ろうとする。感謝の気持ちを伝えたいし、それに、と望己は二人に向かい叫んでいた。

「二人とも、本当にありがとう。命拾いした。それで決心がついたんだ。俺もあなたたちの仲間になるよ」

「望己！」

望己の言葉を聞き、反応を示したのは兄のみだった。

「一緒にいたい。いさせてくれ。年を取らなかったり命が失せなかったりする苦しさを共有したい。兄さんと」

死にかけた身を救ってもらえた。そのことも大きかったが、何より兄が来てくれたことに望己はこの上ない喜びを感じていた。

兄が望むのであれば自分もまた同じ境遇になりたい。今、自分は死ぬところだったのだ。この世に未練はないとは言わない。が、命がなかったのだと思えば納得もできる。

常に寂しげな顔をしている兄の顔に笑みを浮かばせてあげたい。兄が今、つらい立場にいるのであれば同じ立場に自分も立ちたい。それが吸血鬼になるということなら、自分もまた吸血鬼にしてほしい。

兄を、そしてルークを見つめ、訴えかけた望己に対し、ルークはひとこと、

「了解した」

と微笑んだだけだった。

「ありがとうございます」

これで兄と共にいられると喜んでいた望己を前に、優希がゆっくりと首を横に振る。

「駄目だ。お前は人間として生きるべきだよ」

「いいんだ。兄さんと一緒にいたい。兄さんがつらいのであれば僕もそのつらさを共有したいんだ」

「人聞きが悪い。つらいことが前提となっているのがなんとも解せぬ」

ルークが不満げな顔になり、優希を見やる。

「お前はつらいのか？」

「つらくはありません。ただ……」

優希は首を横に振ってみせると、視線を望己へと向けてきた。

「僕はお前に、お前の人生を歩んでほしいと思っている。そのために僕の存在が邪魔になるのだとしたら、未来永劫《えいごう》、お前の前から消えてみせるよ」

「どうして兄さんと共に過ごす未来を否定するんだ。兄さんは僕とはもう、一緒にいたくないのか？」

なぜ拒絶するのだ、と訴えかける望己に対しても、優希は首を横に振った。

「そうじゃない。お前には命を大切にしてほしいだけだ。僕と一緒にいたいなどという理由で命を粗末にしてほしくない」

「命を粗末にって、兄さんは永遠の命を生きているんだろう？」

逆じゃないのか、と訴えた望己と目線を合わせると、優希は子供に言い聞かせるような口調で言葉を重ねる。

「お前には人間として生きてほしい。だから僕は……」

そう言ったかと思うと優希は、ルークに向かって叫んだ。

「お許しください、ルーク様っ」

「優希！」

ルークがはっとした顔になる。

「よせ、優希！」

ルークの制止を聞かず、優希が部屋を飛び出す。

「兄さん！」

ただならぬ雰囲気に望己は兄のあとを追った。ルークも共に外に出る。

「よせ！　優希！　もう日が昇る……っ」

ルークが叫んだとおり、建物を囲んでいた木々の間からちょうど昇りかけていた日の光が一筋、優希に向かうようにして差し込んできた。

「……っ」

今、望己は信じがたい光景を目の当たりにしていた。太陽の光が当たったところから兄の身体がはらはらと塵《ちり》のように舞い消えていこうとしている。

「兄さん！」

「幸せな一生を送ってくれ。最後に会えてよかった」

望己に笑いかけるその顔も、風に舞い散る砂塵《さじん》のように細かく崩れ消えていく。

「兄さん！」

何が起こっているのか。もう半身も残っていない兄に望己は駆け寄ろうとしたが、足はがくがくと震えるばかりで少しも前に進まない。

「さよなら」

最後に兄の声が聞こえたとき、その姿はほぼ、残っていなかった。

「優希……」

呆然と立ち尽くす望己の背後で、悲痛なルークの声がする。

「私を残して一人でいってしまうとは……」

「………」

キラキラと輝く木漏れ日に照らされるそこにはもう、兄の姿は欠片《かけら》ほども残っていなかった。どういうことなのか。振り返った先ではルークが溜め息を漏らし、首を横に振っている。

「前に言っただろう。吸血鬼伝説で正しいものは唯一、太陽の光に当たれば消えてしまうことだと」

「し、しかし……」

ルークは消えていない。太陽の下にいるというのに、と望己が言いたいのがわかったのだろう、尚も悲しげな顔になる。

「五百年も生きている私と、十年程度しか吸血鬼として生きていない優希では日光に対する耐性が違う……とはいえ私もそう長い間は耐えられはしないが」

そう言うとルークは真っ直ぐに望己を見据え、口を開いた。

「優希はなんとしてもお前を人間のままでいさせたかったようだ。自らを消失させてまで」

「そんな……っ」

自身の目で見たというのに、望己は未だ、兄の消失を現実のことと受け止めかねていた。

「嘘だろう？　消失って？　もう、この世のどこにも兄さんはいないのか？　嘘だ。そんな。嘘に決まってる……っ」

「嘘ならよかったのだがな」

苦笑めいた笑みを浮かべ、ルークはまた、首を横に振った。

「優希の最後の願いを無下にもできない。お前を仲間にすることは諦め、大人しく去ることにしよう」

ルークが望己に向かいすっと手を差し伸べる。

「優希に愛されたお前は幸せだ。私も愛されたかったよ」

「…………」

寂しげな微笑みを浮かべてそう言うと、ルークは差し伸べたその手をサッと上に上げた。

「あ……」

次の瞬間、ルークの姿は望己の前から消えていた。呆然とその場に立ち尽くしていた望己は、これは夢に違いないと信じようとした。

しかし紛うことなく現実であることは自身が一番よくわかっている。兄は消失し、そしてルークはいなくなった。

十年ぶりにようやく再会できたというのに。塵のように消えていった兄の姿が望己の脳裏に蘇る。

「うそだ……」

嘘ではない。それもまた、望己にはよくわかっていた。

『さよなら』

細い兄の声。もう殆《ほとん》ど姿は消えていた。兄は敢えて太陽の下にその身をさらした。自分が仲間になりたいなどと言ったから。それを思い留まらせるために――兄を殺したのは他ならぬ自分自身だというやりきれなさから望己はその場に膝をつき、兄が消えた空間を見ていられなくて両手に顔を伏せた。

「兄さん……」

十年間、いくら探しても見つけられずにいたことから、既に生きてはいないのではないかと考えたことは当然あった。そのたびに、きっと兄は生きているに違いない、遺体が発見されるまでは生存を信じていたいと願い続けてきた。

実際、兄は生きてはいた。しかし人間ではなかった。望己が独り立ちできるようになるまで生きながらえたいという願いから吸血鬼になり、そして今、望己を吸血鬼にはしたくないからという理由で塵の如《ごと》く消え去った。

兄の選択の理由は常に自分にあった。罪悪感などという言葉では語り尽くせないほど、兄に対して申し訳ない思いが募る。

「……っ」

込み上げる嗚咽《おえつ》を堪えることができず、望己はその場で号泣した。子供のように声を上げて泣くことなど、十年以上なかったというのに、箍《たが》が外れてしまったかのように泣きじゃくった。

と、そのとき、

「望己……」

倫一の声がしたと思ったと同時に、背後からふわっと温かな空気を感じる。

「どうした」

耳元で問いかけてきた倫一の声から戸惑いは感じられた。が、それ以上に溢れていたのは優しさだった。

「兄さんが……兄さんが……っ」

　嗚咽に声が紛れる。きっと何を言っているか聞き取れていないだろうに、倫一は何も聞くことなく、背後から望己をそっと抱き締めてきた。

「……泣きたいだけ泣けばいい。ここには俺とお前しかいないから」

「う……っ」

　耳元に囁かれる声は労《いたわ》りに満ちていて、ますます涙腺が刺激される。

「大丈夫だ」

　何度も何度も倫一はそう囁き、抱き締める腕に力を込める。その温もりに救われるような思いを抱きながら望己はそれから暫くの間、それこそ声が嗄《か》れるまで泣き続けてしまったのだった。

9

慟哭《どうこく》といっていいほどの泣きっぷりを見せた望己だが、時間が経《た》つに連れ落ち着きを取り戻した。

「……悪い」

倫一の腕を摑むようにし、彼を振り返る。

「どうした？」

話せるようになったと判断したのだろう。倫一が静かな声音で問いかけてくる。

「……実は……」

話をしかけた望己だったが、建物内から物音が聞こえてきたため、こうしている場合ではなかった、と慌てて立ち上がった。

「そうだ、小柳を放置はできない」

「警察を呼ぶか？ 浴室を見た感じ、もしや奴《やつ》が一連の事件の犯人なのか？」

勘のいいところをみせる倫一に望己は「そうだ」と頷く。

「なら俺は一旦、消えることにしよう。落ち着いた頃に連絡をくれ」

そう言うと倫一は笑顔でその場を去ろうとした。

「待ってくれ」

望己が彼を呼び止め、その腕を摑んでしまったのは、『消える』という言葉が兄の消失を思い起こさせたからだと思われた。

「え？」

足を止めた倫一が戸惑った顔になっている。

「いや……なんでもない。必ず連絡するから」

倫一がいなくなったら――想像しただけでぞっとする。その思いが彼の腕を摑む手に表れたのか、倫一が戸惑うほどの強さとなっていたらしい。

「大丈夫か？」

心配そうに問うてくる彼に「ああ。大丈夫だ」と答えると望己は、ポケットからスマートフォンを取り出し国立署の番号を呼び出そうとした。が、よく考えたらこの場所を説明できないかと周囲を見回す。

「住所はここだ」

と、倫一が望己に地図アプリを立ち上げたスマートフォンの画面を差し出してきた。

「ありがとう」

礼を言い、電話をかけながら望己は、これから大騒ぎになることだろうという予測しかできず、つい、溜め息を漏らしてしまった。

「それじゃ、そろそろ俺は行くな」

望己が電話を切ると、倫一はそう言いながらも、望己に続いて一度室内に戻ってくれた。

「うーっ」

倫一は小柳に猿轡《さるぐつわ》を噛ませてくれていた。意識を取り戻した小柳は望己を見ると怒りも露わに騒いだが、猿轡のおかげで彼の恨み言を聞かずにすむのはありがたい、と改めて倫一に礼を言った。

「ありがとう。助かった」

「いや。この分だと大丈夫そうだな。間違っても縄を解くんじゃないぞ」

倫一はそう言うと今度こそ家を出ていった。警察との鉢合わせを避けたい彼の気持ちはわかるだけに、望己は彼を見送ると、自分も浴室を確認しに行くことにしようと部屋を出た。

浴室の床は流しきれない血で汚れていた。被害者のものと思《おぼ》しき血に濡れた服もある。彼が一連の殺人事件の犯人であると特定できるか否かはこれからだなと心の中で呟くと望己は、小柳の様子を見にまたもとの部屋に戻った。

パトカーのサイレン音が聞こえてきたのはそれから二十分ほど経ってからだった。小柳を乗せたパトカーが現場から去るのと鑑識が駆けつけてきたのがほぼ同時で、望己はきびきび動く鑑識の職員を見ながら、果たして上は自分の話を信じてくれるだろうかと、ぼんやりとそんなことを考えていた。

幸いなことに、小柳は望己が予想したように、犯行を否認しなかった。黙秘は貫いていたが無実を主張することはなく、犯人は小柳と記者発表もされることになった。

捜査会議の席上で望己は小柳から聞いた犯行の動機や、なぜ血液を抜くことにしたかを説明した。

「信じられないな。あの小柳管理官が」

刑事課長をはじめとする刑事たちの感想はこれに尽きた。望己もまた信じられないと思っていただけに、彼らに対して思うところはなかったが、何度も同じことを説明させられ、最後は警視総監まで出張ってきたことに、いつになく疲弊することになっていた。

その日、望己が国立署を出ることができたのは、午後八時を回った頃だった。疲れてはいるが目は冴《さ》えている。約束どおり倫一に説明に行かねば、とスマートフォンを手にした望己は、そういえば二人の間のギクシャクした空気がすっかり消えていたことに今更気づいた。

やはり、この関係は心地いい。たられればを語るのは馬鹿げているが、もしも倫一との間になんのわだかまりもなかったら、被害者山本と小柳の間に関係があるとわかった時点で彼に相談していたのではないかと、望己はそう考えてしまっていた。

そうなっていれば、自分が拉致され、殺されそうになることもなかった。兄が消えることもなかったかもしれない。暗い気持ちになりかけていた望己だったが、ふと、なぜ倫一はあの場に現れることができたのかということが、今更のように気になってきた。

それをまず聞かねば、と思いながら倫一の番号を呼び出す。

『終わったか』

ワンコールもしないうちに応対に出た倫一の声は心配そうな響きを湛《たた》えていた。

「ああ。すべて終わった」

『今、ニュースを見ていた。お前が嫌な思いをすることはなかったか？』

彼の心配は自分にかかわることだったのか、と察した望己の胸に温かい思いが広がっていく。

「大丈夫だ。これからいってもいいか？」

『勿論だ。待っている』

電話を切りしな、倫一は何か言いたげだった。少し気にはなったが、会ったときに聞けばいいだけだと思いながら望己は、まずは礼と、そしてあの場に現れた説明を求めようと心に決め、倫一のマンションを目指した。

「お疲れ」

倫一のマンションで望己を待ち受けていたのは、極上の持てなしだった。シャンパンが冷え、テーブルに並ぶ料理は望己が好むものばかりである。

「飲むと寝るかも」

そう言いながらも望己は、酒の力を借りたくもあり、ダイニングで倫一と向かい合って座ると彼が注《つ》いでくれたシャンパンをほぼ一気に空けたのだった。

食事をする間などなかっただろう、まずは腹を満たせと倫一に言われ、料理に手をつけようとしたが、何より礼だ、と望己は倫一に頭を下げた。

「本当に助かった。お前が来てくれなかったら確実に死んでいた」

「いや、俺も結局、あの吸血鬼に助けてもらったわけで……」

情けなさそうな顔になった倫一が、ちらと望己を見る。兄のことを聞きたいのだろうと察したが、冷静ではいられなくなると思い望己は躊躇った。

それがわかったのか、倫一は望己に料理の説明を始め、彼に勧められるまま望己は見た目も美しく盛られた皿々に手をつけていった。

「しかしどうしてあの場所がわかったんだ？」

聞こうと思っていたことを倫一にぶつける。と、倫一は一瞬言い淀んだあとに、望己に向かい頭を下げて寄越した。

「……いや、申し訳ない」

「え？」

謝罪されるような理由なのだろうかと眉を顰めた望己は、もしや、と倫一を見やった。

「ＧＰＳか？」

小柳がそう言っていたのを聞いたときには、まさかと思っていた。しかし自分も刑事であるので、さすがに常に尾行されていたとしたら気づくと思われる。尾行以外に居場所を突き止める方法を考えるとやはりそれしかないのではと思い問いかけると、倫一は再び、

「無許可で申し訳なかった」

と詫《わ》びることで肯定したのだった。

「いつの間に」

まさか長期間、気づかずにいたのかと己の不甲斐《ふがい》なさに落ち込みそうになっていた望己の前で倫一は顔を上げ、バツの悪そうな表情のまま明かし始める。

「ごく最近だ。その……優希さんが現れてからのお前が危うく見えて……何かあったときの用心にと、密かにスマートフォンに仕込んだんだ」

「ストーカーか」

思わずそう吐き捨ててしまったものの、気味の悪さや憤りは不思議と湧いてこなかった。結果命を救われたからということは勿論あるが、どちらかというと倫一の動機が自分を案じたがゆえということがわかっていたからだろう。

「悪かった」

再度、深く頭を下げる倫一に望己は話の続きを促した。

「それで？　まさか常にチェックしていたのか？」

「いや、偶然だ。お前にはっきり拒絶されることを恐れ、会うのを避けているばかりの自分が嫌になった。それで話をしたいと思ってお前の家を訪れたら留守で、胸騒ぎがして位置情報を探ったんだ」

「それで命拾いができたというわけか……」

偶然に感謝だ、と頷いた望己を前に倫一が複雑そうな顔になる。

「さっきも言ったが、結局俺は役に立たなかった。お前を救ったのは吸血鬼とそれに……」

倫一は少し言い淀んだが、やがて意を決した顔になり、今度は彼のほうから問いかけてきた。

「優希さんは……？」

「……消えた」

答えながら望己は、きっと自分は取り乱すに違いないと思っていたのに、案外落ち着いていることに驚いていた。

「消えた？」

「……いなくなった。俺が仲間にしてほしいと頼んだから」

「……だからああも泣いていたのか……」

望己の前で倫一が抑えた溜め息を漏らす。

「やはりお前は優希さんがいればもう、誰もいらないんだな」

「少し違う。兄さんは俺のために吸血鬼になったようなものだったから。そしてその境遇をつらいと思っているように見えたので、一緒にいればつらさも軽減するのではと考えたんだ」

「優希さん、つらそうには見えなかったが……」

倫一の言葉に望己が眉を顰める。

「つらくないのならなぜ、ルークが仲間にしようとしたのを止めたと思う？　それに……」

自らの命を消し去ってまで、思い留まらせようとした。その理由は、と倫一に問いながら望己は、聞いたところで正解を得ることはできないだろうにと諦めようとした。

「いや、いい。なんにせよ兄さんは消えてしまった」

「多分、だが」

『いい』と言ったのに、倫一がぽつぽつと語り出す。

「自分がつらいというわけじゃなく、お前にすべてを捨てさせることは避けたいと思ったんじゃないか。自分の人生だったり、刑事としての仕事だったり、それに——友人だったり」

「兄さんはすべてを失ったのに？」

「優希さんだって人間として生きたかっただろうよ。でもそれがかなわなかった。だからこそお前には人間としての人生を捨てさせたくなかったんじゃないか？」

「……つらかったわけではないと……」

倫一の推察は望己にとっても納得できるものではあった。

「ルークだったか。あの吸血鬼は優希さんを虐げているようには見えなかった。逆に大切にしているように感じたよ」

「……そうだろうか……」

主従関係に見えた。が、ルークが去り際に告げた言葉が望己の頭に蘇る。

『優希に愛されたお前は幸せだ。私も愛されたかったよ』

ルークのほうでは兄を愛していたと、そういうことだったのだろう。一人頷いた望己の耳に倫一の少し強張《こわば》った声がする。

「俺は正直、ショックだった。お前が何の躊躇いもなく、吸血鬼になろうとしているのを目の当たりにして」

「……倫一」

躊躇いがなかったわけではない。ただ、兄だけをつらい境遇に置きたくないと望んだだけだ。そう言いかけた望己に向かい倫一が頷く。

「わかっている。お前がどれだけ必死に優希さんの行方を捜していたか、傍で見ていたから。優希さんのために、というのは充分わかっていたが、それでもショックだった。お前にとっては俺も簡単に捨てられる存在と思い知らされた気がして」

「捨てる……」

そういう認識はなかった。確かに、吸血鬼になれば今の生活とは決別せざるを得なくなっただろう。太陽の下を歩けないとなれば、刑事も辞めるしかなくなる。兄とルークと共にひっそりと暮らすことにはなるだろうが、倫一と二度と会えなくなるという認識は正直、望己の頭に浮かぶことはなかった。

「吸血鬼になったあとも、付き合いは続くと、思っていたのかもしれない」

「え？」

望己がぼそりと呟いたのを聞き、倫一が驚いた顔になる。

「お前と決別するとか、そういうことは想像していなかった」

「………そうなのか」

今、倫一は呆然としているようだった。そうも驚くことだろうかと望己は首を傾げたあと、自分にとっての倫一の存在とは、と改めて考え始めた。

常に傍にいて、手を差し伸べてくれる。逆に彼が逆境に陥ったときにはなんとしてでも救いたいと願う。

いて当然、いないと胸にぽっかりと穴が空いたような気持ちとなる。彼とぎくしゃくしている間は物足りなさを感じ、こうして普通に話せるようになったことが何より嬉しい。

自分はこの関係を『友情』と思っていた。しかし倫一のほうでは『愛情』だという。

愛と友情。その違いはなんなのだろう。

「あ」

そうだ、まだきちんと説明できていなかったと、望己は思い出した。

「え？」

唐突に声を上げたからか、倫一が驚いた顔になる。

「『気持ちが悪い』と言ったのは、そういう意味じゃない」

「え？」

倫一は望己が何を言い出したのか理解できなかったようだが、

「お前に押し倒されたときだ」

と告げると、はっとした顔となり頭を下げた。

「あれも……申し訳なかった」

「お前が何を思って行動しているのか、意味がわからないことが気持ち悪かった。まさか俺のことを好きだから、その……キスしたいとか、そういったことをしたいとか、そういう願望を持っているとは想像したこともなかったから」

「…………だよな」

倫一がますます項垂れたあとに、すっと顔を上げ、望己を見据える。

「もう二度としない。約束する。だからお前の傍にいさせてほしい。どこにもいかないでほしい」

真摯《しんし》な口調、真摯な眼差《まなざ》しで倫一が望己にそう告げる。

った。


「どこも行くあてはないから」

もう、兄はいない。消えてしまった。それが実感として込み上げてきて、望己の胸が詰まった。

「望己?」

不意に黙り込み、俯いた望己の顔を倫一が覗き込む。

「……悪い。兄さんはもう、この世のどこにもいないのかと思うと、つい……」

目の奥に涙がたまり、声が震える。

「………俺は思うんだが」

と、倫一が静かな口調で話し始めた。

「ルークの目くらましだったということはないか?」

「……え?」

思いもかけない言葉に、望己は顔を上げていた。

「ルークの力をもってすれば、優希さんを消えたように見せかけることなど、容易いんじゃないか? そもそも、ルークがみすみす優希さんを死なせるようなことをするとは思えないんだが」

「……確かに、それはある……かな」

倫一の冷静な判断を聞き、望己は初めてその可能性に気づいた。目から鱗《うろこ》とはこのことか、と啞然としてしまう。

「自分への負い目から望己は自身の人生を捨てようとしている。思い留まらせるには完全に姿を消すしかない――優希さんなら考えそうなことだ」

「そうだな」

頷く望己の脳裏に、兄の悲しげな顔が浮かぶ。

傍にいることで兄のつらさを少しでも軽減できないかと願ったが、逆に苦しめてしまっていたということだ。

実際、兄が本当にこの世から消えたのか、それとも倫一の言うとおりルークによる目くらましだったかは確かめる術がない。

だが信じたい。きっと兄はどこかで生きていると。その可能性に気づかせてくれた倫一に望己は心からの感謝を覚えた。

「ありがとう」

「礼を言われるようなことじゃない」

「いや、救われた。お前にはいつも救われている」

今、望己が告げているのは彼の本心だった。今までどれだけ倫一に救われてきたかわからない。物理的な手助けもあれば、精神的な支えになってくれたことも数え切れないほどにある。

だから傍にいたい――などという打算的な思いではない。倫一のためなら自分はいかなる犠牲をも払うつもりであるし、役に立ちたいとも願っている。

それ以前に、望己にとっては倫一が傍にいることが当たり前になっていた。決別することになれば自分がどれほどの喪失感を覚えることになるか、考えずともわかる。

「……本当に正直なことを言うと、今までどおり、お前との付き合いは続けたい」

「望己」

望己の言葉を聞き、倫一が安堵した顔になる。

「よかった。誓うよ。もう二度とお前が嫌がることはしないと」

目を輝かせ、そう告げた倫一を前にし、望己はなんともいえない気持ちになっていた。

倫一はもう、自分への恋心を捨てるので傍にいたいと言う。それは彼にとって望む形なのだろうか。

『嫌がることはしない』――果たして自分は嫌がっているのか。あのとき嫌悪感を覚えたのだったか。

「嫌がったというわけではなかった……と思う。ただ理解できていなかった」

『気持ちが悪い』と言ったので『嫌がる』という表現が出てきたのだろう。先程の説明では足りなかったのかもしれない。そう思いながら望己は、少し訝しそうになった倫一を前に自分の心と向き合った結果を話し始めた。

「でも、お前の気持ちをこうして知ることができた今、ちゃんと向き合いたいと思っている」

「望己」

倫一が望己の名を呼ぶ。余程意外だったのか、珍しくも呆然とした顔になっているのを少し可笑《おか》しく感じながら望己は、きちんと伝わるようにと祈りつつ言葉を続けた。

「友情にせよ愛情にせよ、俺はお前の傍にいたいと思った。だから少し時間がほしい。お前の気持ちを受け入れたいと願うか、それともやはり友達としか思えないか、見極めるために」

「なんだか……お前らしい」

望己の前で倫一が泣き笑いのような顔になる。

「俺だけに我慢をさせるのは悪いとでも思ったんだろう。だがな、一番忘れちゃいけないのは、俺もまた、お前には無理をさせたくないと、それを一番に願っているんだからな」

「お互い様ということだな」

少し違うか、と笑う望己に倫一もまた、嬉しげな顔をして微笑み返してくる。彼をそうも喜ばせることができてよかったと望己は心から感じ、近々、更に倫一を喜ばせる答えを告げることができるのではという予感を抱いたのだった。

＊　＊　＊

「本当にあれでよかったのか？」

結界を張った屋敷の中、ソファに腰掛けていたルークがちょうど自分のためにシャンパンを注いだグラスを運んできた優希に問いかける。

「はい」

優希はきっぱりと頷いたが、その顔に微かな後悔の念が宿っていることに気づかぬルークではなかった。

「お手数をおかけし申し訳ありませんでした」

グラスをテーブルに置いたあと、深く頭を下げて寄越した優希に、優しく声をかける。

「おいで」

「……はい」

自分が命じたことに優希が従わないことはない。それだけにあまり無体なことはできないのだと心の中で溜め息を漏らしつつ、ルークは優希を呼び寄せるとその手を握った。

「あんな形で別れずともよかったと後悔しているのなら、これから種明かしをしに行くぞ」

「……いえ。いいのです」

優希が俯いたまま首を横に振る。

「ルーク様のおかげで、十年ぶりに弟に会えただけでなく、言葉を交わすことができました。

……あ、あの事件を調べよというルーク様のご命令はもしや、私に弟とかかわる機会を設けるためだったのではないですか？」

喋りながら気づいたのか、後半、はっとした顔となった優希がルークに問いかけてくる。

「偶然だ」

実際のところ、少し狙いはしていた。十年間会えずにいた弟と対面させてやれば優希が喜ぶだろうと思いはした。だが予想に反し、兄弟は決別してしまった。共に仲間に加えるのもよし、再会を期して別れるのもよしとルークは思っていたのだが、優希は頑なに弟を仲間に入れまいとした。

人間でなくなったことは彼にとってそうもつらい状況だったというのを目の当たりにし、ルークは少しばかり傷ついた。その意趣返しはさせてもらおう、と握った優希の腕を強く引く。

「あっ」

そのまま己の上に倒れ込んできたその背をしっかり抱き締め、唇を奪う。

ルークにとって歳月の概念は既にない。優希を気に入り仲間にしてから十年以上経ってはいたが、こうして彼にくちづけをするようになったのは実はごく最近のことだった。

「ん……」

強張っていた優希の身体から次第に力が抜けてくるのを愛《いと》しく感じ、尚も深く口づける。

病による死を覚悟していた優希に、仲間になれば生きながらえることができると持ちかけたとき、優希は自ら服従を誓うと同時に、一年間だけ弟のもとに留まらせてほしいと懇願してきた。

『人』でなくなることに関し、優希はルークの想像以上の覚悟を固めていた。今までルークが気に入り、仲間にしてきた男女は——最後に仲間に加えたのは百年以上前になるが——皆、永遠の若さと美貌、それに命が得られることをこの上なく喜び、ルークの申し出を受け入れたものだった。

しかし百年も経つと『永遠の命』の空《むな》しさに耐えかね、死なせてほしいと懇願する。限りある命のありがたみは失ってみないとわからないものであるのに、優希が既にその認識を有していることがまた気に入り、ルークは彼を仲間にした上で、願いどおり一年自由にさせてやった。

ルークにとっての一年など、取るに足らない時間だったのだが、優希は恩義を感じたらしく、あたかも下僕のようにルークに仕えようとした。

そもそも服従など誓わせるつもりはなかった。下僕などはもってのほかである。傍にいてくれさえすればいいとルークは思っていたが、すぐに『服従』は優希が吸血鬼になるために必要な理由付けだということに気づいた。

それほど彼にとって『人間でなくなる』ことは受け入れがたいものだったのかと思い知ると同時に愛しさを覚えた。『愛しい』という感情を長らく抱くことがなかったこともあって

ルークは、優希に対してどのように接するのが彼の幸せに通じるのかと悩むことになったが、その悩みすら新鮮で日々が楽しくなった。

絶対服従を誓っている彼であるので、性的行為を望めばすぐに応じてくれるに違いなかった。しかしルークは優希に無理をさせたくはなかった。彼の中に自分を愛しく思う気持ちが育ってくれるといい。そう願いながら接し続けて十年、ようやくこうして唇を合わせることができた、とルークは優希の唇を貪《むさぼ》りながら改めて喜びを噛み締めていた。

「……ルーク様……」

くちづけを中断したルークを優希が潤んだ瞳で見上げ、名を呼びかける。

本当は『様』も不要であるが、呼び捨ててもらうにはあと十年はかかるに違いない。しかし十年など、瞬《まばた》きをするような時間だとルークは微笑むと、再び優希の唇を塞ぐべく、顔を寄せていったのだった。

エピローグ

『永遠の命を与えてやろう』

ルーク様に出会ってからもう、どれだけの歳月が流れたのか。

ほしい寿命は一年だった。人間であることをやめ、吸血鬼になるのなら生きながらえさせてやる。しかし一年ではなく永遠に生きることになる。

自分と共に、と告げたとき、ルーク様の表情が少し悲しげに見えた理由は、そのときにはまったくわからなかった。

やがて約束の一年が過ぎ、二人で生活をするうちに、ルーク様が今まで愛しい人と悲しい別れを繰り返してきたことを知った。

望んで彼の愛を受け入れ、仲間になった人間は皆、永遠の命に耐えかね、自ら死を望むという。勝手な話だと憤りを覚える自分の心理もまた、最初はよくわかっていなかった。

人でなくなることを自ら選んだにもかかわらず、今度は死を選ぶなど勝手すぎる。余命を告げられて、弟のためにあと一年でいいから生きたいと願ったからこそ、人生をまっとうできるのがいかに恵まれたことと気づいていないのかと、そこに怒りを覚えるのかと思っていた。

ルーク様を悲しませたことが許せなかったのだと愚かな僕が気づくまでには長い歳月を要した。ルーク様を愛しく思っているからだと気づいてようやく、ルーク様もまた愛しさから自分を仲間にしてくださったのだと気づくことができた。

人としての生を手放すことを決意したとき、すべてを失うことを決意した。だが新たに得られたものの大切さに、こうして気づくことができた。

それは——永遠の愛。

比喩でもなんでもなく、言葉どおりの永遠の愛を貫くことができる。永遠の命を与えられているのだから。

果たしてルーク様にとってその相手が自分などでいいのかどうかはわからない。ただ自分は彼を永遠に愛し続けると断言できる。

弟も——望己も、愛し愛される人との幸せを噛み締める日が早くくるといい。おそらくそう遠くない未来に訪れるだろうけれども。

そのきっかけをも作ってくれたのは、と僕は愛しい人の胸に身体を預けると、感謝と、そして何より心からの愛情を込めて彼の唇を受け止めたのだった。

それから。

望己《のぞみ》が刑事になった目的の最たるものは、兄、優希《ゆうき》を探したいというものだった。兄とは再会でき——その後別れることにはなったが——目的は達成した上、それまで小柳《こやなぎ》管理官に気を遣いある程度自由を許されていた立場は一転し、今や職場は望己にとって働きやすい場所ではなくなっていた。

上司や同僚の不満が一挙に噴き出したこともあり、刑事課から総務課の、しかも書庫整理という閑職に異動が決まった。検挙率の高さは望己の実力であったにもかかわらず、小柳ありきの数字という扱いをされたのである。

小柳を逮捕したのが望己だったために、小柳との癒着を疑われることがなかったのが幸いといえば幸いで、そうでなければ何かしらの理由をつけて懲戒処分を与えられかねなかった。

望己の処遇を聞き、倫一《りいち》は我がことのように腹を立てた上で、警察など辞めて自分と共に働かないかと誘ってくれた。

「書庫整理をしたくて刑事になったわけじゃないだろう？　もういいんじゃないか？」

警察は腐ってる、そんなところで無駄に嫌な思いをする必要はないと憤る倫一を前に、まったくそのとおりと思うものの、刑事を辞めることに望己は躊躇《ためら》いを覚えていた。

尊敬する父のような刑事になるというのは、自分の夢であり、兄の夢でもあった。待遇が悪いからといって簡単に諦めていいものかと、それを考えてしまうのだった。

上司がかわればまた状況も変わるかもしれない。それに望みを繋《つな》いで暫《しばら》く頑張ってみるという望己を前に、倫一はやれやれ、というように溜め息をついた。

「お前は本当に昔から変わらない。頑固というかなんというか」

「頑固……まあ、そうかな」

融通がきかないところはあると思う。なかなか発想の転換もできないし、と思いつつも望己は、倫一との関係についてはそろそろ『転換』しようと思い、今日、彼のもとを訪れたのだった。

「それだけに時間がかかったが、今日は覚悟を決めてきた」

「覚悟？　なんの」

倫一が戸惑った顔になる。

倫一は自分に対し、なんの期待もしていないように望己は感じていた。彼が実際告げたとおり、『傍《そば》にいられるだけでいい』と思っているのかもしれない。

友情か、愛情か。触れたいと思わないか、思うか。望己には今一つピンときていなかったのだが、職場であったある出来事が望己にその答えを与えてくれたのだった。

「実は昼間に、書庫でセクハラに遭った」

「セクハラ⁉」

倫一がむっとした顔になる。

「セクハラというかパワハラというか」

「セクハラにパワハラだと？」

倫一の眉間に縦皺《たてじわ》が寄る。怒りが爆発しそうな顔になっている彼に望己は、そう怒る内容ではないと知らせるべく話を続けた。

「副署長が、自分の言うことを聞くなら刑事部に戻すよう上に働きかけてやると迫ってきたんだ。一部で小柳と俺は愛人関係だったという噂《うわさ》があるらしく、それを本気にしたようだ」

「……っ」

怒りを収めるどころか、憤怒《ふんぬ》の表情となった倫一に望己は、慌てて言葉を続けた。

「当然ながら断った。それでもと手を握られたとき、はっきり気持ちが悪いと感じた。それでわかったんだ。お前は違うと」

「俺？　え？　なんだって？」

いきなり自分の話題となったことに倫一はついていけないようで、唖然《あぜん》とした顔になっている。

「ああ。お前には手を握られても気持ちが悪いと思わないし、それに前にキスをされたときも驚きはしたが、『気持ちが悪い』という感覚はなかった」

「いや、お前、『気持ちが悪い』と言ったよな……？」

倫一が狐《きつね》につままれたような顔をしつつも、そう問い返してくる。以前『気持ちが悪い』と告げた理由をしっかり説明し、納得もしてくれたと思っていたが、やはり傷ついていたのかと改めて思いながら望己は、自分の思いをはっきりと伝えることにした。

「あのときは何がなんだかわからなかっただけだ。たとえば今、こうしてお前の手を握っても気持ちが悪いことはない」

言いながら望己は手を伸ばし、テーブルに置かれていた倫一の手を握った。倫一がびくっと身体《からだ》を震わせるのを無視し、尚《なお》も強く手を握る。

少し汗ばんでいるのは焦りからか、動揺からだろうか。冷静に分析できるが、副署長に握られたときは振り払うしかなかった。

なので、と望己は倫一の手を握ったまま、呆然《ぼうぜん》とした様子で己を見つめる彼を見返し、言葉を告げたのだった。

「多分、大丈夫ということなんじゃないかと思う」

「な、なにが……？」

問いかける倫一の声が震えている。

「親友以上の関係になることが」

「…………」

倫一は無言のまま、望己の目を見つめていた。

「前に言っただろう？　どちらかが我慢をしているような関係はいやだと。だからここで一歩を踏み出すのはどうかと思ったんだ」

ずっと自分を好きでいたという倫一。彼の思いに応えられるのではないかと、望己はそう自分の中で整理をつけた。しかし倫一は何も言おうとしない。

「あ」

もしや既に彼の気持ちは自分から離れているのか。彼は彼で自身の胸で気持ちに決着をつけ、愛情ではなく友情を育てていこうと思ったのだろうかと、望己はその可能性に今更気づいた。

「もうその気がないというのなら、忘れてくれ」

どうも自分は突っ走る傾向がある。まずは相手の気持ちを聞いてからにすべきだった、と望己は倫一の手を離そうとした。が、一瞬早く倫一は引きかけた望己の手を強く握り返してきた。

「冗談ではないんだな？」

「冗談？　いや、さすがにこんなことで冗談は言わない」

心外だ、と眉を顰めた望己を見て、倫一が噴き出す。

「悪い。あまりに唐突で」

「確かに唐突だったとは思う」

言いながら倫一がより強い力で望己の手を握る。

「……気持ちは変わらないか？」

要は気持ち悪くは感じないかと聞きたいのかと察し、望己はきっぱりと頷《うなず》いた。

「ああ」

「無理はしていないか？」

「していない。お前は無理をしていたよな？」

「無理というか……願望はあった」

どんな願望か、聞かずともわかる。自分相手にと思うと違和感は覚えるのだが、その違和感は嫌悪感には繋がらなかった。

「……無理だと思ったらすぐ言ってくれ」

言いながらまた、倫一が強く望己の手を握る。

「わかった」

望己が頷くと倫一が望己の手を離し、立ち上がった。望己もあわせて立ち上がる。

「抱き締めていいか？」

テーブルを回り込み、倫一が近づいてくる。

「ああ」

返事をしたあと望己は、いちいち問われるのはなんだか面白いと、笑いそうになった。

「なに？」

「いや、次は『キスしていいか？』と聞いてくるのかなと思ったらなんだか可笑《おか》しくなった」

望己がそう言うと倫一は少しむっとした顔になった。

「からかっているのか？」

「いや？」

そのつもりはなかった、と首を傾《かし》げた望己を見て倫一が苦笑する。

「そういやお前はそういう奴《やつ》だったよ」

「どういう？」

問いかける望己の声に倫一の声が重なる。

「キスしていいか？」

「聞くんだな、やはり」

またも笑いそうになった望己だが、倫一の表情が真剣であったので、彼もまた真面目《まじめ》に答えることにした。

「ああ」

頷くのを待ちかねたかのように倫一の手が望己の頰を包み、唇が重ねられる。

やはり――嫌悪感はない。しっとりとした唇の感触は心地よくさえある、と望己は目を閉じ、倫一の胸に身体を委ねた。

「……っ」

望己の体重を感じたらしい倫一の身体がびくっと震えたあと、キスが中断され、目を閉じていた望己の耳に倫一の強張《こわば》った声が聞こえる。

「抱いてもいいか？」

「…………」

やはり、いちいち聞くようだ。笑いそうになったが、ここで笑えばまたからかったのかと拗《す》ねられると思い、望己は目を開くと緩みそうになる口元を引き締め、きっぱりと頷いてみせたのだった。

望己は今日倫一に、彼の気持ちを受け入れることを伝える覚悟は決めてきたが、即座にセックスまでことが及ぶとは予想していなかった。

それで彼は『抱きたい』と言われたあとに、シャワーを借りることにしたのだが、身体を洗いながら今更の覚悟を固めていた。

倫一は『抱きたい』と言ったし、体格差を思うとやはり自分が抱かれる側ではと、納得はできた。男同士の行為についての経験は当然ないが、知識としては一応ある。まさか自分が当事者になろうとは、と望己は溜め息を漏らしたものの、そこに後悔はなかった。未知なる世界に足を踏み出すことにいささか躊躇《ちゅうちょ》を覚えた、という程度である。

シャワーを浴び終え、浴室を出るとバスタオルが用意されていた。これからことをいたすのだから着替えをする必要はないと思いながらも、腰にバスタオルを巻いただけの姿で寝室を訪れるのは少し照れる。しかしそうも言っていられないかと覚悟を決めると身体を丁寧に拭ったあと、望己は倫一の待つ寝室へと向かった。

「俺も浴びてこよう」

望己が寝室に入ると倫一はベッドに腰を下ろし、本を読んでいた。裸で待たされるのもなと望己は思い、部屋を出ようとする倫一の腕を摑《つか》んだ。

「そのままでいい。どうせあとで浴びることになるんだから」

「……それはそうだが」

倫一は虚を衝《つ》かれた顔になったが、すぐに噴き出し、望己を驚かせた。

「何を笑う？」

「いや、情緒がないというかムード無視というか……お前らしくて安心した」

「そうか？」

言われたことが何を指すのかがよくわからない。情緒とは、と眉を顰めた望己だったが、倫一はそんな望己の腕からさりげなく己の腕を解放すると、その腕で望己の背を促し、ベッドへと向かった。

「明かりはつけておいていいか？」

「いや、消そう」

倫一の裸体は今まで何度も見たことがあったし、自分の裸体も見られたことはあった。しかし水泳の授業や修学旅行の風呂、旅行先の温泉で見るのと、こうして寝室内でセックスするために裸になるのは話が違う。

見るのも見られるのも照れる、と望己が言うと、倫一もまた同じ気持ちだったのか、ベッドサイドの小さな明かりだけ残し、部屋の電気を消した。

望己がベッドに座る前で、倫一が服を脱ぎ始める。相変わらず見事な裸体だと感心していた望己は、小さな明かりでも充分恥ずかしいかと気づき、それも消してもらおうとした。

「……っ」

しかし自分に背を向けて脱衣していた彼が振り返ったと同時に、既にその雄が勃《た》ちかけているとに気づき、声を失う。倫一は望己の視線で気づかれたと察したらしく、少し照れた顔になりつつも近づいてきて望己をそっとベッドへと押し倒した。

「ん……っ」

キスをされ、胸を弄《いじ》られる。倫一の動きからは少しの躊躇いも感じられず、もしや相当手慣れているということかと気づくと同時に、面白くない、という感情が望己の中に芽生えた。

嫉妬だろうか。そうした感情が湧き出るということはやはり、自分もまた倫一を親友としてだけでなく好きだったということだろう。改めて納得していた望己は、掌《てのひら》で乳首を擦《こす》り上げられ、びく、と身体を震わせた。

男の自分も、胸を触られ感じるものなのかと意外に思う。そのうちに乳首が勃ち上がったようで、指先で摘《つ》まれたことでまた望己はびくっと身体を震わせると同時に、ぞわ、とした感覚が腰のあたりから這《は》い上ることに戸惑いを覚えた。

やはり感じている。自分が。信じられない、とますます戸惑いが増したが、倫一の唇が望己の唇から首筋を辿《たど》り、乳首に到達すると考える余裕がなくなった。

「……あっ」

ざらりとした舌で舐《ねぶ》られると同時に、もう片方を指先で摘まみ上げられる。堪《たま》らず声を漏らすと同時に、己の腰が捩《よじ》れていることに望己はまた驚きを得た。

倫一の愛撫《あいぶ》は丁寧だった。飽きることがないのかというほど乳首を舐り続ける。ぞわぞわとした感覚がひっきりなしに背筋を上り、堪えようと思っても身を捩ってしまう。唇を嚙み締めていないと喘《あえ》いでしまいそうなこともまた驚きではあったが、同時に望己は自分が抱く側だったときには、相手をこうも大切に愛撫しただろうかと反省もしていた。

しかし間もなく思考を続ける余裕は失われることとなる。胸を散々舐ったあとに倫一が身体をずらせ、望己の股間に顔を埋《うず》めてきたのである。

「おい……っ」

堪らず声を上げたのは、倫一がさも当然のように雄を咥《くわ》えてきたからだった。今まで望己にフェラチオをされた経験などなかった。熱い口内を感じた瞬間、得たことのない刺激にすぐにも達してしまいそうになり動揺する。

その動揺が望己の手を動かし、己の下肢に顔を埋める倫一の髪を掴んでいた。痛みを覚えたのか倫一が顔を上げる。

「……っ」

おかげで倫一が己の雄を咥えているさまを目の当たりにすることになり、羞恥《しゅうち》のせいで頭にカッと血が上った。身体も一気に火照《ほて》ったがそれは望己本人の自覚はないものの、欲情が煽《あお》られたためで、彼の雄もまた倫一の口の中でどくんと大きく脈打ち、倫一を微笑《ほほえ》ませた。

「やめ……っ」

ますます羞恥を覚え、望己は身を捩って倫一のフェラチオから逃れようとした。が、倫一はがっちりと望己の両脚を抱え込み、逃すまいとする。

「ん……っ……あ……っ……」

巧みな舌使いに望己は一気に快楽の階段を駆け上ることとなった。鼓動は早鐘のように脈打ち、頭の中でその音が響き渡っている。汗が噴き出し、息が上がる。発熱したかのように全身が火照り、その熱を発散させたくてたまらなくなる。

「もう……っ……あぁ……っ……もう……っ」

脳まで熱に浮かされたような状態となっていた望己は、決して発さぬようにと唇を噛み締め堪えていた喘ぎ声を、高く上げてしまっていたことにまったく気づいていなかった。

どこか遠いところで、切羽詰まった淫《みだ》らな声が響いている。まさかそれが自分の発しているものとは認識できないほど、昂《たか》まってしまっていた望己だったが、竿《さお》を扱《しご》き上げていた倫一の指が後ろに回り、つぷ、とそこに挿入されてきたその違和感には、我に返ることになった。

「……っ」

「…………」

身体が強張ったためか、倫一が顔を上げる。二人の目が合った直後、倫一が身体を起こそうとしたのがわかった。

「大丈夫だ」

驚いただけだ、と咄嗟《とっさ》に自分が答えたことに、驚きを感じる。倫一が躊躇いをみせたことで、また彼に我慢をさせることになるのではと案じたのかもしれない。

倫一は一瞬の逡巡《しゅんじゅん》を見せたが、再び顔を伏せるとフェラチオを再開しながら、望己の後ろに挿入した指をゆっくりと動かし始めた。

痛みはない。が、違和感はある。しかし丹念な動作で後ろを解《ほぐ》されているうちに、入口近くのコリッとした部位に倫一の指が触れ、その瞬間望己は今まで体感したことのない感触を得ることになった。

身体がふわっと浮くような、不思議な感覚だった。そこを刺激され続けるうちに、たまらないとしか表現し得ない気持ちが望己の中に膨らんでくる。

「ん……っ……んん……っ……あ……っ」

精を吐き出したくても、倫一に根元をしっかり握られているため、達することができない。昂まるところまで昂まっていた望己は、気づかぬうちにいやいやをするように激しく首を横に振っていた。

と、不意に前から、そして後ろから倫一の舌が、指が退いていき、すぐに両腿《りょうもも》を抱えられた。

「つらかったら言ってくれ」

いつしか閉じてしまっていた目を開き、自身の両脚を抱え上げようとしていた倫一を見上げると、倫一はそう言い、そのまま望己に腰を上げさせた。

後ろがひくついているのがわかる。そこに倫一が既に勃ちきり、先走りの液を滴らせていた自身の雄の先端をあてがってきた。

ぬる、という感触にも、先端がそこを割り込むようにして挿入されてきたときにも、違和感を覚えはしたが、苦痛も、そして嫌悪も湧いてはこなかった。

倫一がゆっくりと腰を進めてくる。充分に解してくれていたおかげで、太く逞《たくま》しい倫一の雄は、ずぶずぶとそこへと呑《の》み込まれていった。

「………はいった……」

ようやくすべてを収めきり、二人の下肢がぴたりと重なったとき、倫一が安堵の声を上げたのが望己の耳に届いた。

「……なんか、不思議だ。繋がってるんだな」

望己にそう笑いかけてきた倫一の目が潤んでいる。この上ない喜びを感じてくれているらしいそんな彼の笑顔を見た瞬間、望己の胸に熱い思いが広がった。

「……好きだ」

ぽろりとその言葉が望己の唇から零《こぼ》れる。

「……え……？」

倫一は一瞬、啞然とした顔になった。が、すぐ泣き笑いのような表情を浮かべると、彼もまた望己に己の思いを伝えてくれた。

「俺もだ。愛してる」

「愛……うん、愛だな」

気恥ずかしい。しかし嬉《うれ》しい。ますます胸が熱く滾《たぎ》るのを感じながら望己は両脚を倫一の背に回し、しっかりと抱き締めようとした。

「駄目だ、もう我慢できない」

しかし倫一はそう告げたかと思うと、望己の両脚を改めて抱え直しながら、先程と同じ言葉を口にする。

「つらかったら言ってくれ」

「……わかった」

何をする気かと望己は身構えたが、倫一がゆっくりと腰の律動を始めると、抜き差しが容易になるよう、身体から力を抜いた。

望己の身体への負担を考えてくれていたのだろう。遠慮がちだった動きが次第に激しくなってくる。

逞しい倫一の雄が、望己の内壁を勢いよく擦り上げ、擦り下ろす。そこで生まれた摩擦熱が望己の全身を焼き尽くすのにそう時間はかからなかった。

「あ……っ……あぁ……っ……あっ……あっ……あっ」

再び望己は快楽の坩堝《るつぼ》に追い込まれていた。いつしか閉じていた瞼《まぶた》の裏で、極彩色の花火が何発も上がり、やがて頭の中が真っ白になっていく。

「もう……っ……あぁ……っ……もうっ……」

二人の腹の間で望己の雄はすっかり勃ちきり、先端からは透明な液が滴り落ちていた。セックスによって得られる快感は射精の一瞬のみという認識だった望己にとって、延々と快楽の時間が続くことにやがて恐怖めいた気持ちが芽生え、またも彼の首は気づかぬうちに激しく横に振られていたようだ。

「悪い」

頭の上でぼそりと倫一が呟《つぶや》く声が聞こえた気がした、その次の瞬間、片脚を離した倫一の手が望己の雄を握り、一気に扱き上げてくれた。

「あぁっ」

唇から高い声を放ちながら望己は達し、倫一の手の中に白濁した液を飛ばしていた。

「……っ」

射精を受け、激しく後ろが収縮する。その刺激で倫一もまた達したらしく、低く声を漏らしたあとに彼は望己の上で伸び上がるような姿勢となった。

ずしりとした精液の重さを感じ、望己はまたも閉じていた目を開き、倫一を見上げる。

「……大丈夫か？」

身体を案じてくれる倫一に、答えたいのに息が整わず、頷くことしかできない。と、倫一が汗で額に張り付く前髪を梳き上げてくれた。

顔をよく見たかったのかと思いながら望己が見上げていると、倫一がゆっくりと覆い被さり、露《あら》わにした額に、頬に、唇を落としてくる。

「愛してる」

「………うん」

非常に照れくさい。しかし胸が浮き立つ思いがするほど嬉しい。長年、親友として過ごし

てきた二人だった。お互い、相手のためならなんでもしたいという気持ちでいたし、相手の幸せを誰より願っている自負もあった。

これからもその気持ちはかわらない。変わったのは『相手の』幸せではなく『二人の』幸せを願うようになったことだけだと、望己は両手両脚で倫一の背を抱き締める。

息が整うようになったらその思いを伝えよう。ついでに『愛している』も言ってやろうか。

自覚するのは遅くなったが、この胸に溢《あふ》れる温かな思いは『愛』に違いないからと望己が見上げた先では、倫一がそれは愛《いと》しげな笑みを浮かべており、ますます望己の胸を温かい気持ちで満たしてくれたのだった。

あとがき

はじめまして&こんにちは。愁堂れなです。このたびは九十四冊目のルチル文庫となりました『永遠にして刹那』をお手に取ってくださり、誠にありがとうございました。

大好きなミステリー調の雰囲気に、ファンタジー?要素を散りばめた、自分でも気に入った作品となりました。

攻×攻風を目指したつもりが、お兄ちゃんが出てきてから思いの外幼くなった敏腕刑事の望己と、私の永遠のツボ、ずっと好意を隠して親友として付き合ってきたワケアリ私立探偵・倫一の恋の行方と、謎の金髪碧眼の美形、ルークと行方不明の望己の兄、優希の二人の関係、それに殺人事件の真相と、色々と詰め込みました本作が、皆様にも少しでも楽しんでいただけましたら、これほど嬉しいことはありません。

蓮川愛先生、今回も本当に‼　素晴らしいイラストをありがとうございます‼

凛々しく、そして美しくも繊細な望己も、男くさくて精悍な魅力溢れるかっこよすぎる倫一もめちゃめちゃ素敵ですが……ルーク‼

腰まで届く黄金の髪、憂い溢れる美貌がもうもう、どうしようかと思うほど素敵で‼　キャララフを拝見したとき魂を射貫かれました。なんて美しい――‼

今回も本当に至福のときを過ごさせていただきました。ご一緒できて本当に嬉しかったです。たくさんの幸せをどうもありがとうございました。

また、今回も大変お世話になりました担当様をはじめ、本書発行に携わってくださいました全ての皆様に、この場をお借り致しまして心より御礼申し上げます。

サスペンスとファンタジーを織り込んだ美形祭りの本作、いかがでしたでしょうか。お読みになられたご感想をお聞かせいただけると嬉しいです。どうぞよろしくお願い申し上げます！

次のルチル文庫様でのお仕事は、たくらみシリーズの新作を発行していただける予定です。こちらもよろしかったらどうぞお手に取ってみてくださいね。

また皆様にお目にかかれますことを、切にお祈りしています。

愁堂れな

令和三年七月吉日

（公式サイト『シャインズ』http://www.r-shuhdoh.com/）

✦初出　永遠にして刹那…………書き下ろし
それから。…………書き下ろし

愁堂れな先生、蓮川愛先生へのお便り、本作品に関するご意見、ご感想などは
〒151-0051 東京都渋谷区千駄ヶ谷 4-9-7
幻冬舎コミックス　ルチル文庫「永遠にして刹那」係まで。

幻冬舎ルチル文庫

永遠にして刹那

2021年8月20日　第1刷発行

✦著者	愁堂れな　しゅうどう れな
✦発行人	石原正康
✦発行元	株式会社 幻冬舎コミックス 〒151-0051 東京都渋谷区千駄ヶ谷 4-9-7 電話 03(5411)6431[編集]
✦発売元	株式会社 幻冬舎 〒151-0051 東京都渋谷区千駄ヶ谷 4-9-7 電話 03(5411)6222[営業] 振替 00120-8-767643
✦印刷・製本所	中央精版印刷株式会社

✦検印廃止

ISBN978-4-344-84920-4　C0193　Printed in Japan